अँगुलियों का ऑर्केस्ट्रा

भाग-3

ओसामु यामामोतो

अनुवाद
तोमोको किकुचि

यह ताकाहाशी कियोशी की जीवनी पर आधारित कहानी है।

सहायक ग्रन्थ : योरिको कावाबुचि द्वारा लिखित "शिकोत्सु (अँगुलियों की हड्डी)" प्रकाशक; शिनशोसेत्सुशा, "शुवा वा कोकोरो (सांकेतिक भाषा हृदय है)" प्रकाशक; जेन निहोन रोआ रेन्मेइ

अँगुलियों का ऑर्केस्ट्रा
भाग-3

अनुक्रम

अध्याय बीस : निशिकावा पिता और बेटी

धनी व्यापारी निशिकावा का घर इलाके में मशहूर था
योशिनोसुके ने अपने पिता और कर्मचारियों को व्यवसाय सौंप दिया और वह बेटी हामाको की शिक्षा के लिए परिश्रम करने लगे
नमस्ते सर
हामाको इधर आना
आज से तुम यहाँ रहोगी
हामाको का घर यहाँ है
यहाँ... घर?

कुट
कुट
वाह!!
सुनो ओयोने
हामाको बधिर तो नहीं हैं?
हाँ, हैं
कुट
कुट
पर...अभी साहब से बात कर रही थीं
पागल हो क्या
बधिर नहीं बोल सकता

बधिर-मूक कहा जाता है
पर... अभी अभी
!
माफ कीजिए, साहब...
ओयोने, कोई बात नहीं
जो सुन नहीं सकता और बात नहीं कर सकता
दुनिया में बहुत लोग उसे अलग दृष्टि से देखते हैं
पर मैं और हामाको उससे अलग है
हम दूसरा रास्ता चल रहे हैं
हामाको, इधर आना

गाय की कैसी आवाज है?
देख लेना
माँ माँ रँभाती है
!!
उनको सुनाई देने लगा?
नहीं...
हामाको ने मेरे होंठ से पहचान लिया है
होंठ से...?
ओष्ठ पठन को अपनाया है, बोलने के अभ्यास के साथ
अब 200 शब्दों को पहचान लेती है और बोल सकती है

मुर्गी की कैसी आवाज है?
वह कुट कुट आवाज देती है
शाबाश, बहुत अच्छा
अब खेलने जाओ
बधिर भी कई तरह के होते हैं
कुट
कुट
कुछ लोगों को ढोल और तुरही सुनाई देते हैं
हामाको को बहुत हल्का सुनाई देता है और मेरे होंठ से वह बात पहचान लेती है
कोई जन्मजात मूक नहीं होता
सही शिक्षा मिलने से बोलना आ सकता है
कुट कुट कुट...
कुट कुट कुट...

कुट कुट कुट...
कुट कुट...
वाह, हामाको की आवाज की ओर मुर्गी आती है
धन्य है
अनमोल है कि इंसान से आवाज निकलती है

निशिकावा योशिनोसुके की मौखिक प्रणाली

उच्चारण → अक्षरों को जीभ और मुँह के रूप के आधार पर उच्चारण करना

शब्द का उच्चारण → स्वरों को जोड़कर शब्द (चीजों का नाम आदि) का उच्चारण करना

ओष्ठ पठन ↔ वस्तु

उच्चरित शब्द का ओष्ठ पठन करके उस वस्तु (सेब, सन्तरा, बेल्ट, मोजा आदि) को संकेत कर दोनों को सम्बन्धित करना

अक्षर → अक्षर को संकेत कर ओष्ठ पठन एवं वस्तु से सम्बन्धित करना

वाक्य → "का को से ने" आदि के साथ वाक्य बनाना, डायरी लिखना

विभिन्न स्वरों को पहचानने के अभ्यास से श्रवण की क्षमता बढ़ती है
तुरही
पी पी पी
घुँघरू सुनाई नहीं देता...
...
टन टन टन
जी...
उनमें से अपना पसन्दीदा रंग चुन लेना
संवेदना प्रशिक्षण
हामाको...

वह
“नीला”
है
शाबाश,
सही चुना
नी...ला
इस अभ्यास में रंग, रूप, आकार, वजन आदि की तुलना की जाती है
शाबाश
और समानता और अन्तर को पहचानने से संवेदना का विकास होता है
हामाको, इधर आओ
वह भी “नीला” है
उसने ओष्ठ पठन के जरिए रंगों को पहचान लिया, फिर मैंने खिलौने या कपड़े की ओर संकेत कर उसके रंग को बताया

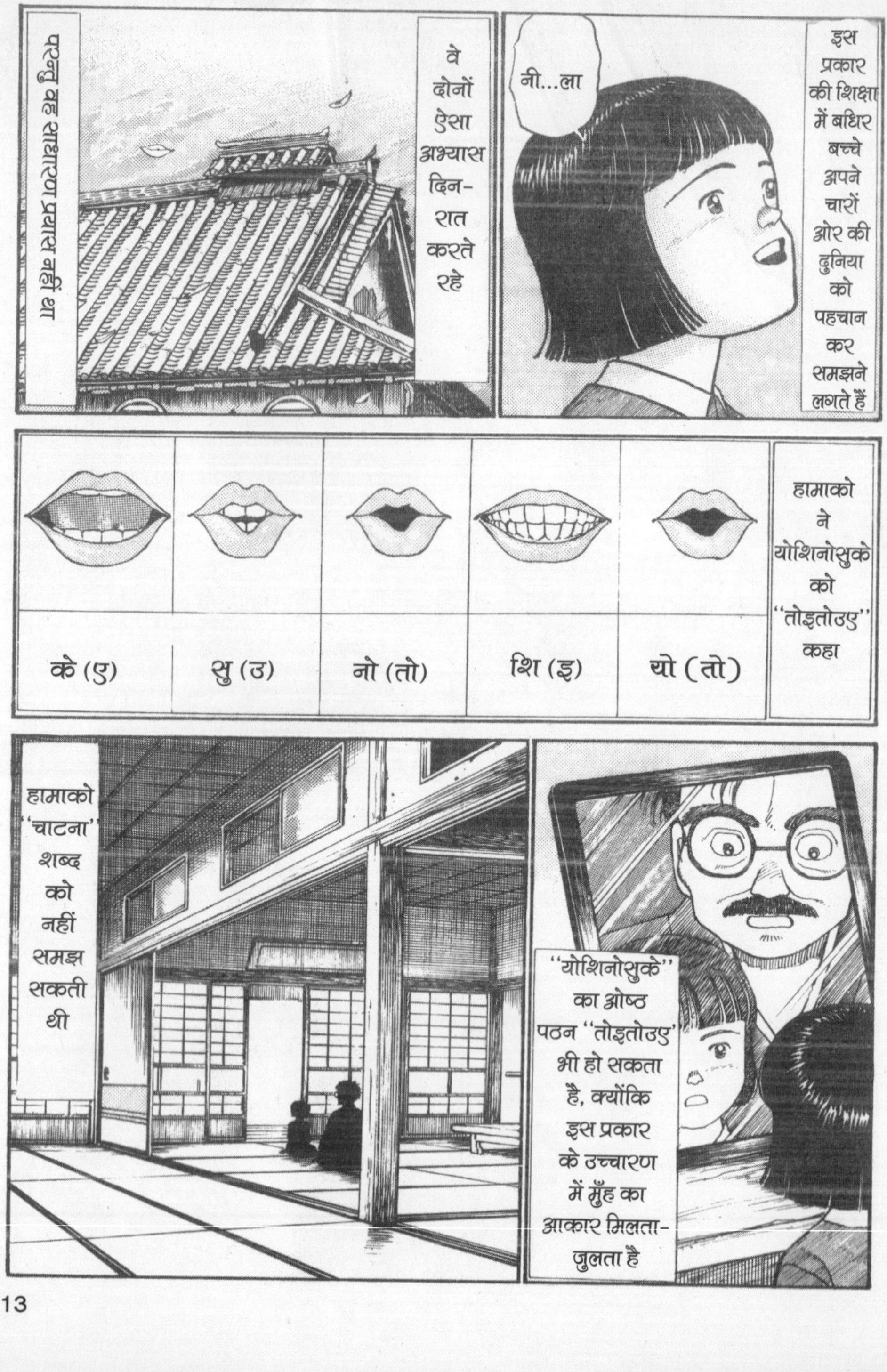
इस प्रकार की शिक्षा में बधिर बच्चे अपने चारों ओर की दुनिया को पहचान कर समझने लगते हैं
नी...ला
वे दोनों ऐसा अभ्यास दिन-रात करते रहे
परन्तु वह साधारण प्रयास नहीं था
हामाको ने योशिनोसुके को "तोइतोउए" कहा
यो (तो)
शि (इ)
नो (तो)
सु (उ)
के (ए)
"योशिनोसुके" का ओष्ठ पठन "तोइतोउए" भी हो सकता है, क्योंकि इस प्रकार के उच्चारण में मुँह का आकार मिलता-जुलता है
हामाको 'चाटना' शब्द को नहीं समझ सकती थी

योशिनोसुके ने हामाको को चाटकर उसे समझाने की कोशिश की
यह है "चाटना"
समझ गयी!?
चाटना...
अआ अ
धड़ाम
मत कीजिए!!
अब बन्द कीजिए!!
इतना क्यों
इतना क्यों करना है...

माता... जी
क्यों... रोती हैं
माता जी...
क्यों... रोती है...
न...म...स्कार
मे...रा नाम
नअमुरा सोनोको ऊन

यह बधिर बच्ची पास वाले गाँव की है
आपकी बेटी इसके साथ खेलेगी?
तुम भी मौखिक प्रशिक्षण लेती हो
क्योतो के बधिर स्कूल में जाती है
ज्यादा साफ तो नहीं बोल सकती
अच्छा हुआ कि हामाको को सहेली मिली
हामाको पिता के साथ पढ़ती ही रहती है
टन
チリン

दो टॉफी देना!!
टन टन
अरे, आज पिताजी कहाँ हैं?
धन्य... वाद
हाँ ले लो
सांकेतिक भाषा
सांकेतिक... भाषा?
क्या करती हो?

मछली
फूल
तालाब
अच्छा अच्छा
हाँ हाँ
तालाब...

क्योतो बधिर स्कूल की लड़की?
जी, सोनोको नाम है
साफ नहीं बोल पाती, पर अच्छी है
उसके हामाको को खेलने दिया!?
...
पिता जी
करररर
नमस्कार
आज सोनोको के साथ खेली
टॉफी खरीदी
और उसी के साथ खायी थी
नमस्कार

फूल
देखा
तालाब
गयी
छपाक
मछली...
अ...
आप
मत करो!!

अब उसके साथ नहीं खेल सकतीं तुम
तुमने नहीं देखा!?
हामाको ने सांकेतिक भाषा में बोला
क्यों...
अच्छी सहेली मिली..
अभी नहीं समझती!?
हामाको को बधिर स्कूल न भेज कर मैं ही क्यों पढ़ाता हूँ!!
क्यों!?
बधिर मूक स्कूल में सांकेतिक भाषा के साथ मौखिक प्रशिक्षण भी होता है
सांकेतिक भाषा!!
सांकेतिक भाषा नहीं चाहिए!!

सांकेतिक भाषा आसान है, बच्चे मौखिक प्रशिक्षण से भागने लगते हैं!!
सांकेतिक भाषा के साथ बच्चे मौखिक प्रशिक्षण नहीं अपना सकते!!
यह पद के देखो
स्कूल के बच्चों ने निबन्ध लिखा है
टक
इतना ही नहीं
कर्र्र
आज सुबह मैं 6 बजे को जल्दी जाग रहा था, आज छत के ऊपर बर्फ जमी हुआ है इसलिए मैं बहुत ठंडा हूँ, और मैं परेशान सोचकर हाँ हाँ कह कर आकाश में सूर्य चमककर मैं लम्बे समय रहने से गर्म हो गया और मैं अच्छा लगता है, आज बहुत सुन्दर बने मैं देख कर चकित होकर मान लिया

इन्हें सांकेतिक भाषा के साथ ठीक-ठीक वाक्य लिखना नहीं आता
सांकेतिक भाषा में सिर्फ शब्द का प्रयोग होता है, का को से आदि नहीं सीख सकते
मैं...
घर...
जाना...
सांकेतिक भाषा में "को" "पर" आदि नहीं होता
इसलिए बच्चे लिखते हैं "मैं में घर को जाना"
सही भाषा नहीं सीख सकते
सांकेतिक भाषा की त्रुटियाँ पाश्चात्य देशों में 50 साल पहले मानी जा चुकी हैं
वहाँ अधिकांश स्कूलों में सांकेतिक भाषा के स्थान पर मौखिक प्रशिक्षण को अपनाया गया है
पर जापान में अभी तक सांकेतिक भाषा सिखाई जाती है
तुम भी विचार कर देखो

बेशक उसे सुनाई नहीं देता, पर ओष्ठ पठन से दूसरों की बात समझ कर
आवाज के साथ बात करती है, वह सामान्य इंसान है
मौखिक प्रशिक्षण ही हामाको को सामान्य इंसान बना सकता है
वह सामान्य व्यक्तियों में शामिल हो सकती है
सांकेतिक भाषा बेकार है, वह हामाको को बेचारी बधिर मूक बच्ची बनाएगी!!
तुम वही चाहती हो!?क्या उसे बधिर मूक बच्ची बने देने रहना चाहिए!?

योशिनोसुके ने जिस मौखिक प्रणाली को सीखा, उसमें सांकेतिक भाषा को एकदम नकारा गया है
माफ करना, सोनोको
आज हामाको नहीं है
नहीं है
इस प्रकार पिता और बेटी मौखिक प्रशिक्षण में लीन रहे

(निशिकावा की डायरी से) 7 दिसम्बर, 1921
कल रात को हामाको ने नींद में बात की “क्या क्या”
“दूर” “नजदीक” शब्द सिखाए, तब वह खुद टेलीस्कोप लायी
सीधा लगाकर “नजदीक” को और उल्टा लगाकर “दूर” को बताया यह बहुत रोचक घटना हुई
13 दिसम्बर, 1921
कल रात हामाको ने नींद में बात की “नहीं है”

अध्याय इक्कीस : प्रस्थान

ताकाहाशि कियोशि मूक विभाग का अध्यक्ष बना
कियोशि की उम्र 32 वर्ष की थी
इस्सकु को... अध्यापक!?
जी
अगले साल इकुनो गाँव में नया स्कूल खुलेगा
ज्यादा बच्चे आएँगे, अध्यापक भी और चाहिए
हाँ...

इस्सकु, इस वसन्त में पढ़ाई पूरी होने पर तुम सत्रह के हो जाओगे
तोक्यो के बधिर-मूक स्कूल में प्रशिक्षण पाठ्यक्रम है, तुम्हें जाना है?
तोक्यो...?
तुम पढ़ाई में अच्छे हो, वहाँ दो साल पढ़ कर प्रशिक्षक का लाइसेंस लेना
फिर इस स्कूल में अध्यापक बनकर वापस आ जाना
माता जी, बताइए
आपको दो साल और इन्तजार करना पड़ेगा
धन्य है, सर
बचपन से आपने उसकी बहुत देखभाल की...
अब आप उसे अध्यापक बना रहे हैं...

इस्सकु, तुम करोगे!?
हम एक साथ नये स्कूल के लिए काम करेंगे
जी हाँ!!
मैं भी परिश्रम करूँगा
नमस्ते
कल मिलेंगे
उन बच्चों से भी अलविदा कहना होगा
यह भवन भी अब सुनसान हो जाएगा

कर र र
थप
थप
फुकुदा सर रोशनी के बिना आँखें कमजोर हो जाएँगी
क्या पढ़ रहे हैं?
कुछ शोध कर रहा हूँ
जी...
नागोया अन्ध-मूक स्कूल का शिक्षा शोध प्रबन्ध...
आजकल नागोया स्कूल में मौखिक प्रशिक्षण का अध्ययन हो रहा है
दो साल पहले तोक्यो में मौखिक प्रशिक्षण विशेष स्कूल बना था, आपको पता होगा?
जी...शायद कोई अमरीकी ने...

अमरीका के श्री एवं श्रीमती रइशावा ने जापान बधिर-मूक स्कूल की स्थापना की
छोटा स्कूल है जहाँ चर्च के हॉल को कक्षा बनाया गया और छात्र भी अभी कम हैं
वहाँ अमरीकी शैली का मौखिक प्रशिक्षण अपना कर सांकेतिक भाषा का बिलकुल इस्तेमाल नहीं किया जाता
बिलकुल नहीं!?
आजकल अमरीका में वही लोकप्रिय है
अनेक स्कूल सांकेतिक भाषा को नकार कर मौखिक प्रशिक्षण को अपना रहे हैं
ऐसा क्यों...
हमारे स्कूल में मौखिक प्रशिक्षण की कक्षा है
क्या सांकेतिक भाषा को नकारना चाहिए?
जी, हमारे स्कूल में सिखाते हैं
मैंने भी मौखिक प्रशिक्षण सीखा था

जो जन्म से ही बधिर नहीं है या जिनकी सुनने की क्षमता बची हुई है, जापान में सिर्फ उन लोगों को मौखिक प्रशिक्षण दिया गया है, जैसे मैं
पर अमरीका में माना जाता है कि हर बधिर बच्चा मौखिक भाषा अपना सकते हैं और उनके लिए मौखिक प्रशिक्षण अनिवार्य है
पर... फुकुदा सर
हम अनुभव से जानते हैं कि हर बधिर बच्चे मौखिक भाषा नहीं अपना सकते...
परन्तु इसमें कुछ खास बात है
फिलहाल नागोया के स्कूल के हाशिमुरा सर आदि लोगों ने ओष्ठ पठन का महत्त्व घोषित किया
ओष्ठ पठन...?
वह क्या है
फिलहाल वे मौखिक प्रशिक्षण में उच्चारण पर महत्व देते हैं
परन्तु हाशिमुरा सर ने अमरीकी शैली के मौखिक प्रशिक्षण का अध्ययन कर यह नतीजा निकाला कि उच्चारण के स्थान पर ओष्ठ पठन पर महत्त्व दिया जाना चाहिए

अक्सर बच्चा कान से शब्द सुनता है और बोलने लगता है
ठीक वैसे ही सुनने के स्थान पर ओष्ठ पठन होगा
ओष्ठ पठन के बाद उच्चारण...
सामान्य बच्चा जैसे भाषा सीखता है, वैसे ही बधिर बच्चे को भी सिखाई जाती है
उनका मानना है कि इस शिक्षा से बधिर बच्चा सामान्य बच्चों जैसा व्यवहार कर सकता है
इसलिए उसके अनुसार सांकेतिक भाषा की जरूरत नहीं है
असल में वह जरूरत की बात भी नहीं,
बिलकुल नकारने की बात करते हैं
बकवास है!!
टक
सांकेतिक भाषा के बिना कैसे बधिर शिक्षा हो सकती है...

अब इस विषय पर कुछ नहीं बता सकता
पर अध्ययन होना जरूरी है
फुकुदा सर, आप बताएँ कि क्या ऐसा हो सकता है
उस नये मौखिक प्रशिक्षण से क्या सभी बधिर बच्चों को बोलना आएगा!?
वे कहते हैं, ''बधिर बच्चों की वाणी भगवान बुद्ध के धर्म वचनों से भी अनमोल है''
नागोया स्कूल में बच्चों के माता-पिता को यह अच्छा लगता है
साँय

सांकेतिक भाषा के बिना कैसे बधिर शिक्षा हो सकती है...
ऐसा नहीं हो सकता
सभी बधिर बच्चे नये मौखिक प्रशिक्षण को अगर अपना सकते
खैर...
और सभी बधिर बच्चों को ओष्ठ पठन से दूसरों की बात समझ कर
बोलना भी आ जाता...
ポン
थप
क्या हुआ, सर
कैसे इधर खड़े हैं...
मत्सुए... कुछ नहीं
विचार करने लगा था
कोई परेशानी?
मैं भी सुन सकती हूँ

हाँ, तुम्हारी पढ़ाई पूरी हो रही है
रंगरेज कारखाने में नौकरी मिली है ना
ऐ लड़की, मुझे चिढ़ा रही हो
अब बड़ी हो गयी हूँ
सर, क्या सच है कि इस्सकु अध्यापक बन सकता है!?
अभी अभी मिली हूँ उससे
कैसे जल्दी खबर मिल गयी
तभी तो तुम इतनी खुश हो
ऐसा नहीं है, सर
जिससे अभी मिली हो, देखो वह आ रहा है

खुश रहो,
मत्सुए
मैं तो तुम्हारा सामान ले आया
क्या बात है...
इस्सकु, तुम ताकाहाशि सर जैसे अध्यापक बिलकुल नहीं बनना
थोड़ी देर में विदा करना होगा
आज खुश रहो

कल कावादा की चिट्ठी मिली
अब ओसाका शहर की रात भी देखने को नहीं मिलेगी
चियो कैसी है!?
वे अब क्यूशू में कोयले की खान में काम कर रहे हैं
काफी दिन से खबर नहीं मिली तो मैं चिन्ता कर रहा था ___
चियो के परिवार ने चावल आन्दोलन के समय काफी पैसे उधार लिए
उसे चुकाने के लिए चियो को बेगार करना पड़ा था
पर उधार चुका दिया, अब दोनों एक साथ रहते हैं
क्या एक साथ रहते हैं!?

शादी...
शादी हो गयी
उन दोनों ने देर से पढ़ाई शुरू की थी
दोनों 22 साल के हो चुके हैं
चियो... अच्छा हुआ
अच्छा हुआ...
सुखी जीवन मिलेगा, हमें भी...
हाँ...

धैर्य रखो और हार न मानकर आगे बढ़ें तो हमें भी सुखी जीवन मिलेगा
हाँ, मत्सुए
हमें शिक्षा मिली, सांकेतिक भाषा सीखी, और अब वाक्य लिख सकते हैं
पर दुनिया में ऐसे बधिर-मूक बहुत हैं जो स्कूल न जा सके, अक्षर और सांकेतिक भाषा नहीं सीख सके
अ अ अ अ
मैं भी 9 साल की उम्र में जब तक इस स्कूल में नहीं आया था तब तक मुझे इतना भी नहीं पता था कि अपना कोई नाम होता है
इसलिए...मैं जानना चाहता हूँ कि
तरह तरह की और अधिक बातों को
हम सभी बधिर-मूकों की सुख सुविधा के लिए और क्या किया जाना चाहिए...

भेदभाव रहित समाज बनाने के लिए क्या किया जाना चाहिए...
ठीक से नहीं बता सकता
पर आत्मा से ऐसी चाह उमड़ रही थी
हमें... और बातें करनी चाहिए थीं
स्कूल में इस्सकु के साथ बहुत सारी बातें करनी चाहिए थीं

वापस आता हूँ
दो साल बाद
आता हूँ...
टन टन टन

गड़ गड़
गड़
क्या हुआ
ताकाहाशि,
गला खराब
है?
जी, ऐसा
लगता
है
ख़याल
रखें...
गड़
गड़
गड़
गड़
खाँसी
क्या,
ठीक
हो
हाँ!!
यह है!!

आ...
हा...
नअ...
उच्चारण का प्रशिक्षण
かきくけこ
क कि कु के को
नहीं नहीं, ऐसा नहीं
"क" बोलो "क"!! गले को और कस लेना
ठक ठक ठक
खड़ाक
माफ कीजिए, आने दीजिए
क्या हुआ, हाकाहाशि सर को

मुँह में पानी डालो
निगलना नहीं
फिर जैसे कुल्ला करते हैं, वैसे ही साँस छोड़ो
गा
का
हाँ!! शाबाश
वह है "क"!!
का...
का...
...क
सर देखिए!! "क" की आवाज निकली
अरे!!

क्या हुआ, ताकाहाशि सर को
अचानक कहने लगे कि...
उन्हें मौखिक प्रणाली का अध्ययन फिर शुरू करना है...
ताकाहाशि सर सांकेतिक भाषा में माहिर हैं, फिर क्यों मौखिक प्रणाली?
फिर से करके देखो
फुकुदा सर अँग्रेजी अध्ययन सामग्री मँगवा कर अनुवाद कर रहे हैं
बधिर शिक्षा का इतिहास 19वीं शताब्दी में आरम्भ हुआ और अब मौखिक प्रणाली की छवि आने लगी
मार्च, 1922

इस्सकु ओसाका अंध-मूक विद्यालय में उच्च शिक्षा प्राप्त करने के बाद तोक्यो गया

जापान में क्रान्ति का दौर आने लगा
अछूतों की स्वतन्त्रता के लिए क्योतो शहर में "सुइहेशा" संगठन की स्थापना हुई

"जापान किसान संगठन" की स्थापना हुई, जुलाई में गैरकानूनी रूप में "जापान कम्यूनिस्ट पार्टी" की स्थापना हुई
दिसम्बर में सोवियत संघ समाजवादी गणराज्य की स्थापना घोषित हुई

*ओसाका बधिर मूक विद्यालय

अध्याय बाईस : 50 येन 50 सेन

*येन और सेन जापान की मुद्रा है

* तोक्यो बधिर-मूक विद्यालय

...इस प्रकार एडो युग में
गेनरोकु संस्कृति का प्रचलन हुआ
धड़
धड़ धड़ धड़

धड़ धड़ धड़
क्या हुआ!!

धड़ धड़ धड़ाम

*अखबार: कंतो यानि तोक्यो के आसपास के इलाकों में महा भूकम्प

इस्सकु!?
शान्त होना, माँ!!
न... नहीं
इस्सकु...
केवल अखबार की खबर से कुछ पता चल रहा है!!
तार, फोन, यातायात सब बन्द हो गये
भूकम्प के कारण पूरे तोक्यो में आग लग गयी
वहाँ सैनिक शासन शुरू होगा

गुड मॉर्निंग, सर!!
हाँ...गुड मॉर्निंग
कुछ हुआ, सर...?
कुछ नहीं हुआ
चलो कक्षा में जाओ
अब आप तो कहीं नहीं जा सकतीं
तोक्यो में कोई नहीं जा सकता!!
जाकर कोशिश करती हूँ
जहाँ तक जा सकती हूँ, देखती हूँ!!

अकल्पनीय आपदा हुई, लोग बेहद डर गये
भूकम्प के साथ आग लग गयी, पूरा तोक्यो जल गया
भूकम्प और आग से भी भयानक अफवाहें उड़ने लगीं
सरकार का डर था कि चावल आन्दोलन की तरह जनता में असंतोष का विस्फोट न हो जाए, पीड़ितों की सुरक्षा और खाने के इन्तजाम पर कोई ध्यान नहीं दिया गया

समाजवादियों और कोरियाइयों ने आग लगाई है!!
कुएँ में जहर डालते है, बलात्कार करते हैं!!
कोरियाई बम के साथ आक्रमण करने वाले हैं!!
पुलिस और सैनिकों के माध्यम से उस प्रकार की अफवाहें फैलने लगीं और अनेक जगहों पर नागरिकों द्वारा सुरक्षा बल का निर्माण हुआ
पुलिस, सैनिक और रखवालों द्वारा कोरियाई और समाजवादियों का नरसंहार हुआ
ओय बदमाश!!
“50 येन 50 सेन” कहो!!

*कोरियाई को जापानी भाषा का सही उच्चारण नहीं आता

*जापानी भाषा में "50 येन 50 सेन" का उच्चारण

योकोहामा शहर में पुलिस इंस्पेक्टर ने कोरियाई की हत्या को वैध करने की घोषणा की
छह हजार से अधिक कोरियाइयों का नरसंहार हुआ

4 सितम्बर को साम्यवादी यूनियन के 10 नेता कमेदो पुलिस स्टेशन में लाये गये और तलवार भोंक कर मारे गये

16 सितम्बर को अराजकतावादी पति-पत्नी ओसुगी साकाए और इतो नोए के साथ उनके 6 साल के भतीजे की हत्या हुई

इधर भी मिला
जल्दी ले जाओ
साँय
रख लो
रखो
धड़ाम

1 सितम्बर, 1922 में तोक्यो सहित अनेक इलाकों में जबरदस्त भूकम्प आया और आग भी लगी, एक लाख लोगों की मृत्यु हुई और तीस हजार लोग घायल हुए

सुरक्षा विभाग ने लोगों के
बीच भेदभाव बढ़ाया, विचारों
का दमन किया और पुलिस एवं
सैनिकों द्वारा शान्ति संरक्षण
के नाम पर लोगों का नरसंहार
किया गया

आज रात भी यहाँ रहेंगे?
जी...
इस्सकु की खबर आ सकती है
उसकी माता...?
तोक्यो गयी है?
नहीं
यातायात सब बन्द है, कोई तोक्यो नहीं पहुँच सकता
तीन दिन पहले वापस आयी, तब से उसकी तबीयत खराब है

सर, अगस्त में खेल-कूद प्रतियोगिता की जाती है
इस साल हम नहीं करेंगे?
हम करेंगे, छोटे बच्चों को तो करना ही है
पर इस बार पुरस्कार कम मिलेगा
तोक्यो में भूकम्प से लोग पीड़ित हैं
हम सब की इच्छा है कि
आप पुरस्कार कम न करें
क्या कहते हो तुम लोग!!
तोक्यो में भयानक भूकम्प से तबाही के बाद खेल-कूद की बात तक नहीं जा सकती

ऊ ऊ ऊ
पढ़ने के लिएकक्षा, कलम, कागज नहीं, खाना भी नहीं मिलता!!
अपना ही मत सोचो!!
रोने की जरूरत नहीं!!
अब घर जाओ!!
आजकल सर को जल्दी गुस्सा आता है...
इस्सकु की चिन्ता करते हैं
びええ〜ん
ऊ ऊ ऊ
पुरस्कार की बात तो फिर से करेंगे

ऊऊऊ
तुम...सलामत हो...
धम
इ...इस्सकु भइया

नरक
बन
गया
तोक्यो...
एकदम
नरक बन
गया
तोक्यो की अराकवा
नदी पार
कर रेल
की पटरी
के सहारे
-सहारे
साइतमा के
ओमिया
स्टेशन
पहुँचा
वहाँ
किसी
तरह
रेल
में
बैठा

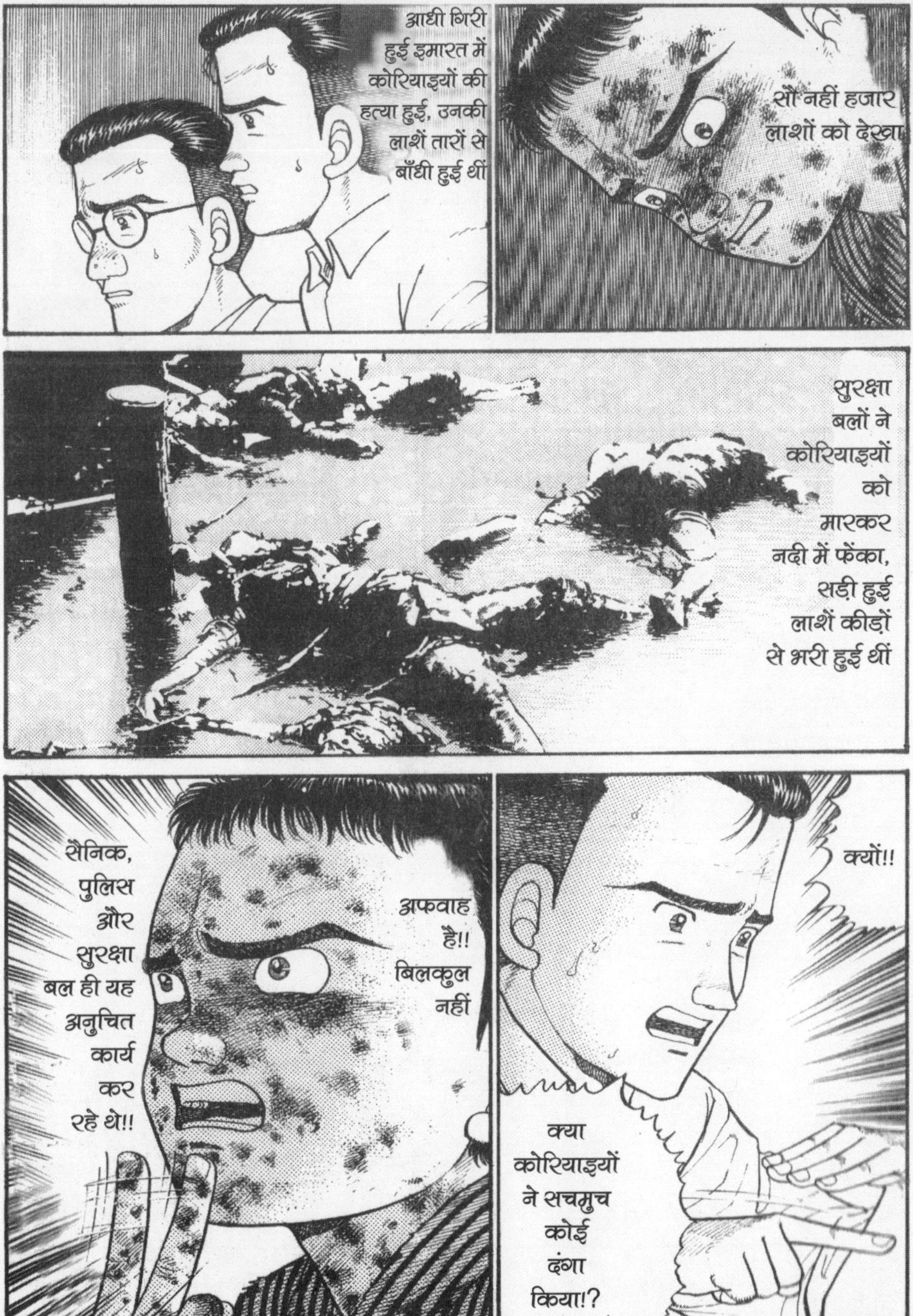
आधी गिरी हुई इमारत में कोरियाइयों की हत्या हुई, उनकी लाशें तारों से बाँधी हुई थीं
सौ नहीं हजार लाशों को देखा
सुरक्षा बलों ने कोरियाइयों को मारकर नदी में फेंका, सड़ी हुई लाशें कीड़ों से भरी हुई थीं
क्यों!!
क्या कोरियाइयों ने सचमुच कोई दंगा किया!?
अफवाह है!! बिलकुल नहीं
सैनिक, पुलिस और सुरक्षा बल ही यह अनुचित कार्य कर रहे थे!!

उन लोगों को जो भी कोरियाई दिखे,
उसे पकड़ कर क्रूरता से हत्या कर देते हैं
फिर...
न सिर्फ कोरियाई और साम्यवादियों की हत्या हुई...
बल्कि बधिर-मूक भी मारे गये!!
तोक्यो बधिर-मूक स्कूल का विद्यार्थी भी मारा गया!!

क्यों!!
''50 येन
50 सेन''...
क्यों
बधिर-मूक
को!!

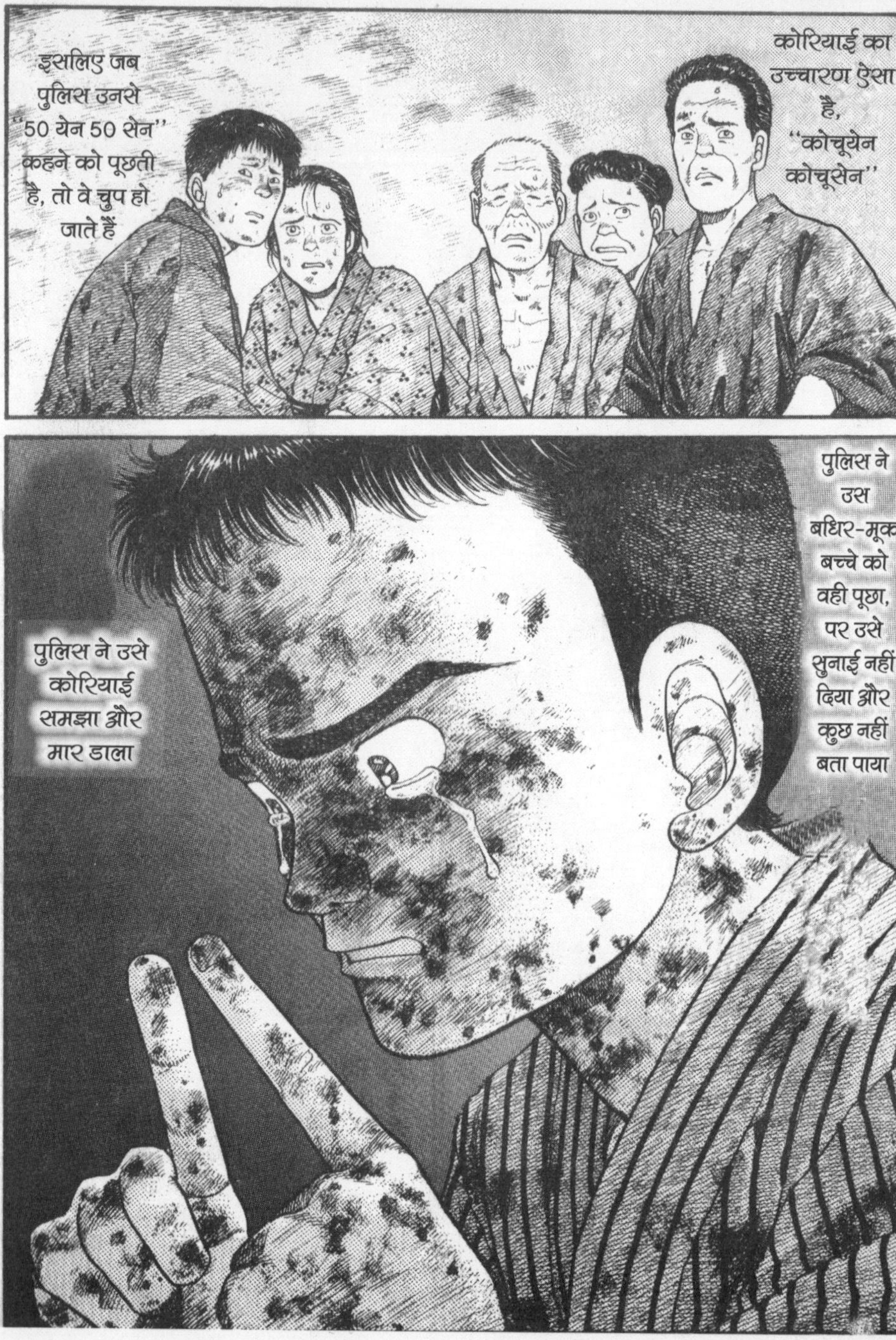
कोरियाई का उच्चारण ऐसा है, "कोचूयेन कोचूसेन"
इसलिए जब पुलिस उनसे "50 येन 50 सेन" कहने को पूछती है, तो वे चुप हो जाते हैं
पुलिस ने उस बधिर-मूक बच्चे को वही पूछा, पर उसे सुनाई नहीं दिया और कुछ नहीं बता पाया
पुलिस ने उसे कोरियाई समझा और मार डाला

पुलिस ने उस विद्यार्थी को ''50 येन 50 सेन'' कहने को पूछा
पर बधिर होने क कारण वह कुछ नहीं बता पाया

अध्याय तेईस : जगह

यह देखिए
वह कोरियाई नागरिक समझा गया और अन्य लोगों की तरह मारा गया

*प्रमाण-पत्र, तोदा इस्साकु, उम्र 18, हम प्रमाणित करते हैं कि वह बधिर-मूक है, 5 सितम्बर 1922, तोक्यो बधिर-मूक स्कूल, प्रधानाचार्य कोनिशि शिनपचि

देश में शान्ति बनाये रखने के नाम पर
इस कानून में ऐसे विचारें और गतिविधियों का दमन किया जाता है जो देश भक्ति का प्रतिकूल हो
शान्ति संरक्षण कानून...?
बिलकुल। आखिरकार वे कुछ भी कर डालेंगे
देश ऐसा ही होता है
इसलिए कोरियाइयों को कीड़े-मकोड़ों की तरह मारा!?
गूँगे-बहरे कहे जा कर, हम भेदभाव झेलते आये
और इस भूकम्प में कोरियाई और साम्यवादियों का नरसंहार हुआ, इन दोनों का गहरा सम्बन्ध है

*"कनतो" तोक्यो के आसपास का क्षेत्र है

रात को मत्सुए दौड़ा-दौड़ा मेरे हॉस्टल आया और बताया
कर र र
सहपाठी योशिकावा को चोरी के अपराध में पुलिस ने पकड़ा
उसने पिछले साल दस्तकारी की शिक्षा पूरी की थी
उसके बधिर-मूक माता-पिता पुलिस से बात नहीं कर पाए
आपको यहाँ तक आना पड़ा, पर बात साफ हो चुकी है
वह चोरी करने किसी के घर में घुसा और पकड़ा गया
रिपोर्ट में उसने सब बता दिया
ठक

आपने इस रिपोर्ट को कैसे लिया है?
आपको पता है, वह तो बधिर-मूक है
मैंने रिपोर्ट लिखी और उसने मान लिया
क्या योशिकावा ने यह मान लिया है?
बिलकुल!!
हाँ हाँ कर सिर हिला रहा था!!
बड़ी मुसीबत है
कान, मुँह दोनों काम नहीं करते
फिर से योशिकावा को इधर बुलाओ
माफ करें, पर यह रिपोर्ट गलत है
क्या कहा!?

योशिकावा को पढ़ना नहीं आता!!
जिसको पढ़ना नहीं आता, वह कैसे रिपोर्ट समझेगा!!
कि...
अ...
अ अ!!
तुम्हारे चेहरे को क्या हुआ!!
अ अ!!
किसी ने मारा है!?
अ!!
अ अ अ!!

आप भी देखिए
मैं इस रिपोर्ट को उसे सांकेतिक भाषा में बताता हूँ
देखो योशिकावा, जहाँ गलत है, मुझे बता देना
आज 4 बजे मुझे हिराकाता शहर में दोस्त के घर जाना था
मैं पहले कभी वहाँ एक ही बार गया था, इसलिए रास्ता भटक गया
अ अ
अ...
इधर-उधर घूमने लगा
अनजान खाली सड़क पर आ गया
न जाने मेरे साथ क्या हुआ
पर मैं उधर जाना भूल गया, अनजाने में किसी के घर में घुसने लगा

खचर
खचर
वह गलत कहता है
सर, गलत है!!
नहीं!!
अ
अ
क्या है वह...?
दोस्त का नाम और पता होगा
अ... अ...
अभी तो तुमने सिर हिला कर इस रिपोर्ट को मान लिया था!!
ठक
जब पिछली बार आया था, तब मैंने उस घर को देखा था
मैंने उस घर को दोस्त का ही समझा, इसलिए अन्दर गया

फिर क्यों सिर हिला कर मान लेता है!?
वह अपना नाम आदि सरल शब्दों को समझ सकता है
पर इस रिपोर्ट जैसे मुश्किल वाक्यों को नहीं समझ सकता
...
उसको क्यों इतनी चोट लगी है?
डरता होगा
आगे पढ़ता हूँ
गेट पर कुत्ता जोर से भौंकने लगा इसलिए मैं पीछे की तरफ भागा
पीछे का दरवाजा किसी तरह खोल कर अन्दर घुसा

अ अ
अ...
मैंने जबरदस्ती नहीं खोला था
पीछे का दरवाजा खुला था, ऐसे ही खुल गया
नहीं नहीं!!
नहीं!!
अन्दर झाँका, तो कोई नहीं दिखाई दिया
इसलिए चोरी करने का मन आया
...
नहीं, झूठ है
बिलकुल ऐसा नहीं सोचा
अ अ
अ
मैं बधिर-मूक हूँ, बोल नहीं सकता
नमस्ते या सुनिए शब्द भी नहीं कह सकता

वहाँ कोई है या नहीं, पता करने के लिए अन्दर झाँक लिया
अ...
तभी अचानक किसी ने मुझे पीछे से पकड़ कर मार दिया...
ठक
ठीक है!!
जल्दी से उसे लेकर चले जाओ
समय बर्बाद हो रहा है!!
बस हो गया!!
क्या ठीक है!?
क्या हो गया है!?
ठक
आप लोगों की वजह से उसे चोर बताया गया

''न जाने मेरे साथ क्या हुआ'' ''किसी तरह दरवाजा खोल कर'' ''चोरी करने का मन आया''
ये सब आप लोगों का ही अनुमान है!!
उसके बावजूद आपने इस रिपोर्ट को बनाया!!
क्यों!!
तो हमें क्या करना था!!
मूक अनपढ़ बधिर के साथ कैसे रिपोर्ट बनाएँ!!
मूक और अनपढ़ बच्चे होने का फायदा उठाकर उसे अपराधी बनाना चाहा!!
क्योंकि वह बधिर-मूक है!! कुछ नहीं बता सकता!!

यह बेवकूफ आप का ही छात्र था?
सर...
वही हमारी शिक्षा प्रणाली की सबसे बड़ी समस्या है
स्कूल में इसकी पढाई हो चुकी है, फिर क्यों इसे पढ़ना-लिखना नहीं आता?
बधिर-मूक स्कूल इसे क्या सिखाता है?
इसलिए हर माता-पिता हमें कहते हैं कि
बच्चे को कोई कार्य सिखा दीजिए, ताकि बाद में खाने को तो मिल सके
इसके माता-पिता भी बधिर-मूक हैं, अनपढ़ हैं
और बहुत गरीब है
15 साल की उम्र में योशिकावा किंजो का स्कूल में दाखिल हुआ

इसलिए हमारे स्कूल में व्यावसायिक प्रशिक्षण पर जोर दिया जाता है
पढ़ना-लिखना भी जरूर सिखाते हैं, पर बच्चे पूरी शिक्षा नहीं पाते और अर्धशिक्षित होकर ही स्कूल से विदा होते हैं और समाज में चले जाते हैं
हाय!!
अ
अ
अब क्या बोल रहा है?
शौचालय जा सकता है?
जाओ जाओ
चलो योशिकावा
अब उसे ले कर चले जाना
बहुत समय बर्बाद कर दिया
ओय बेवकूफ, अब बेकार इधर-उधर मत घूमना

क्या सुना है!?
तोक्यो में कोरियाइयों पर बेहद अत्याचार हो रहा है
उतना ही नहीं
कैप्टन आमाकाजु मासाहिको ने ओसुगि नामक साम्यवादी को भी मार डाला
खेल-कूद प्रतियोगिता
वाह

फिर तीन लोगों को मार कर सैन्य पुलिस ने यहाँ कुएँ में फेंक दिया
बहुत अच्छा!! वे हैं, सच्चे देश चिन्तक
हा हा हा हा हा!!
वाह
वाह
वाह
टन टन
टन टन

अरे बच्चे तो मस्त हैं
हमारे बच्चे हैं, पर सच कहूँ तो मुझे जरा बुरा लगा
तोक्यो के दुख की परवाह नहीं, सिर्फ खेल-कूद चाहते हैं
पुरस्कार भी चाहिए, जैसे हर साल उनके लिए तैयार किया जाता है
तोक्यो में शिक्षक प्रशिक्षण पूरा कर मैं इस स्वर्ग में वापस आया हूँ
पर यह सोच कर बेचैन हो जाता हूँ कि मैं यहाँ क्या कर सकता हूँ
फिर भी, स्कूल तो स्वर्ग जैसा है

एक दिन फुकुदा सर बता रहे थे कि देश की महान सत्ता ही बधिर-मूकों के साथ होने वाले भेदभाव को बनाये रखती है
अगर ऐसा है तो हम एकदम बेबस होंगे
हम हमेशा के लिए...
तुम्हारा कहना सही हो सकता है...
वास्तव में बधिर-मूक शिक्षा अत्यधिक भेदभाव के कारण कोई खास काम नहीं कर पाएगी
फिर भी यहाँ स्कूल है
पढ़ना, लिखना, गणित आदि की शिक्षा और व्यवसाय प्रशिक्षण भी दिया जाता है
साथ ही, यहाँ बधिर-मूक लोगों के लिए "जगह" है

भेदभाव और समाज के अन्याय को जानकर क्रोध आता है और उसके बारे में बातें करते हो
तुम सभी को यहाँ पहली बार बधिर-मूक बच्चे मिलते हैं
और तुम सांकेतिक भाषा सीख कर उन्हीं के साथ दोस्ती बनाते हैं
बधिर-मूक स्कूल मानवीय जगह है
जब तक तुम सभी बधिर-मूक बच्चे अपना मानवीय जीवन चाहते हो
तब तक यह ''जगह'' बनी रहेगी
हम उस ''जगह'' को और भी सुन्दर बनाएँगे और समाज में उसका विस्तार करेंगे
वही हमारा काम है

वाह वाह
धड़ाम
ये सब पुरस्कार तोक्यो के बधिर स्कूल में बच्चों के लिए भेज दीजिए
इस्सकु सर, मुझे प्रथम पुरस्कार मिला!!
मुझे तीसरा!!

तोक्यो में बच्चों का स्कूल और घर भूकम्प से नष्ट हो गया है?
पढ़ाई और खेल-कूद प्रतियोगिता नहीं कर सकते
इस्सकु भइया, बच्चों ने चन्दा किया है
関東震災
義援金
*कनतो भूकम्प; चन्दा
तुम लोग...यह सोच रहे थे!!
इसलिए पुरस्कार माँगे...
इस्सकु, अभी तक इधर रुका है
जल्दी तोक्यो वापस जाओ
जाकर पढ़ाई करो
इस्सकु भइया तोक्यो में पढ़ाई करेंगे और शिक्षक बनेंगे
मेरी कक्षा के सर भी बन जाएँगे!!

हम आते हैं!!
और पुरस्कार लेकर आते हैं!!
खुश रहो, इस्सकु...
व्यक्ति है
व्यक्तित्व का निर्माण करना है
जिनमें दूसरों का खयाल करने वाला स्नेही हो और
भेदभाव के विरुद्ध लड़ने के लिए दृढ़ संकल्प हो, ऐसे असंख्य व्यक्तित्वों का निर्माण करना है

परन्तु अफसोस की बात है कि यह सिर्फ स्कूल के स्नातकों के संघ जैसा ही है
अब हमारी एक संस्था है जापान बधिर-मूक संघ
हम बधिरों और मूकों की एक संस्था बनाएँगे
संस्था...?
भेदभाव से लड़ने के लिए हमें बहुत मजबूत संस्था की स्थापना करने की आवश्यकता है
साथ ही मजबूत व्यक्तित्व की जरूरत है
उन बच्चों में से ऐसा व्यक्तित्व जरूर उभरेगा
और ध्वनि विहीन बधिर-मूकों के कंठ से आवाज निकालने लगेगी

वाह वाह वाह
बच्चे दौड़ रहे थे
इस्सकु के सामने कलम, कॉपी आदि अनेक पुरस्कारों का ढेर लग गया
वाह वाह वाह
1923 अक्तूबर
कनतो के महाभूकम्प के एक माह बाद हमारे स्कूल में खेलकूद प्रतियोगिता हुई

उसी साल में ओउमियाहाता शहर, शिगा जिला
पड़ोस में आये मेहमान
बहुत परसिम्मों खाता है
पुजारी ने स्क्रीन पर बहुत अच्छी
पुजारी की तस्वीर बनाई
शाबाश, हामाको ने बहुत अच्छा बोला
बहुत अच्छा
कर २२
नागोया शहर के स्कूल से इतो सर आये हैं

यह क्या बात है, निशिकावा सर
उसका उच्चारण तो बेहद सुन्दर है!!
आप मुझे सर न कहें
मैं सामान्य नागरिक, हामाको का पिता हूँ
नहीं नहीं, मैं आपको सर ही कहूँगा
हम जैसे विद्वानों को भी वैसा करना नहीं आता जैसे आप तेजी से वाक्य के साथ उच्चारण का अभ्यास करवाते हैं
आपने अकेले ही बहुत बड़ा काम किया है
नागोया और क्योतो दोनों शहर के स्कूलों में निशिकावा पिता-बेटी बहुत मशहूर हो गये हैं
अरे नहीं इतो सर, इतनी ज्यादा तारीफ मत कीजिए
मैं तो बधिर-मूक शिक्षा की आलोचना भी करने वाला हूँ

देश भर के बधिर-मूक स्कूलों में सिर्फ सांकेतिक भाषा ही प्रचलित है
नागोया शहर के स्कूल में हाशिमुरा सर और आप ही हैं जो मौखिक प्रशिक्षण को अपना रहे हैं
अरे सर
तभी तो आप से बात करने आया हूँ
आपने कावामोतो उनोसुके जी का नाम सुना है?
कावामोतो
कावामोतो...?
अन्ध-बधिर शिक्षा के अध्ययन और शोध के लिए शिक्षा मंत्रालय ने उनको दो साल के लिए पाश्चात्य देश में भेजा था
और वे जुलाई में वापस आये हैं
वे हमारे स्कूल के इसोमुरा सर के पुराने दोस्त हैं
और उनको मौखिक प्रशिक्षण से दिलचस्पी है

कावामोतो सर ने अमरीका के क्लाक बधिर स्कूल में मौखिक प्रशिक्षण का अध्ययन किया है
क्लाक बधिर स्कूल में!?
जी
तीव्र भूकम्प के प्रभाव से अभी तक तोक्यो का बुरा हाल है, वहाँ वे बधिर-मूक स्कूलों में मौखिक प्रशिक्षण का व्याख्यान दे रहे हैं
ठक

मेरे अनुसार बधिर-मूक शिक्षा
सांकेतिक भाषा से मुक्त, यानी विशुद्ध मौखिक प्रशिक्षण से ही होती है!!
1880 में मिरानो शहर में बधिर शिक्षा अन्तर्राष्ट्रीय सम्मेलन हुआ, वहाँ घोषित किया गया है कि
बधिर-मूक लोगों को समाज का पुनः भागीदार बनाकर सम्पन्न राष्ट्रभाषा के ज्ञान को प्रदान करने के लिए
मौखिक प्रशिक्षण ही सांकेतिक भाषा से कई गुणा उपयोगी सिद्ध होगा!!

सुनो, आजकल शिक्षक प्रशिक्षण विभाग में क्या व्याख्यान हो रहा है?
शिक्षक प्रशिक्षण विभाग तो है, पर व्याख्यान सिर्फ उन लोगों के लिए है जिनको सुनाई दे सके
और क्या, व्याख्यान का विषय तो मौखिक प्रशिक्षण है
हम बधिर हैं, मौखिक प्रशिक्षण के शिक्षक कैसे बन सकेंगे
सुना है, अमरीका के बधिर-मूक स्कूलों में मौखिक प्रशिक्षण को लेकर उत्साहित हैं
हा हा हा
वह तो वहीं की बात है ना
थप
हाशिमुरा सर!!
बच्चों कैसे हो, सब ठीक है ना?

सर, आप कब तोक्यो में आये हैं
अभी अभी, इस यामामोतो सर से मिलना था
यह मेरा पुराना छात्र है, जब मैं नागोया शहर के स्कूल में सांकेतिक भाषा सिखा रहा था
नमस्ते
गाड़ी में बैठ कर देखा कि तोक्यो में बहुत बड़ी क्षति हुई
हामाको, हम उधर चलते हैं

पुजारी ने स्क्रीन पर पुजारी की बहुत अच्छी तस्वीर बनाई
पड़ोस में आये मेहमान बहुत परसिम्मों खाता है
यामामोतो सर सुना? उनका उच्चारण बहुत सुन्दर है
मेरा नाम यामामोतो उनोसुके है
आपका नाम?

मेरा नाम निशिकावा हामाको है
बहुत सुन्दर
इनको ओष्ठ पठन भी पूरा आता है
निशिकावा सर और बेटी जापान में ही अमरीका वाले मौखिक प्रशिक्षण को अपना रहे थे
अमरीका के क्लाक बधिर स्कूल के छात्रों के समान ही है
सुनिए कावामोतो सर
मैं एक बधिर बच्ची के पिता के रूप में बधिर शिक्षा की दुनिया में आया हूँ
और सोचता हूँ कि मौखिक प्रशिक्षण सिर्फ हामाको तक सीमित नहीं किया जाना चाहिए

इससे सभी बधिर बच्चों के माता-पिता की आशा और प्रार्थना पूरी होगी
यही मेरा विश्वास है
बिलकुल
पाश्चात्य देशों के बधिर स्कूलों, खासकर क्लाक स्कूल में विशुद्ध मौखिक प्रशिक्षण को देखकर मुझे लगा कि
जापान की बधिर शिक्षा में सांकेतिक भाषा को समाप्त करना चाहिए
बधिर शिक्षा की इस गतिहीन दुनिया में मौखिक प्रशिक्षण के साथ क्रान्ति लानी चाहिए
वरना बधिर बच्चों का कोई भविष्य नहीं होगा
यामामोतो सर, हम ही क्यों न करें यह!!
निशिकावा सर, आप भी!!

हामाको ही बधिर बच्चे का भविष्य है!!
मौखिक प्रशिक्षण से ही यह साकार होगा!!

बधिर शिक्षा का नया दौर आयेगा!!
हम तीनों के परिश्रम से!!

अध्याय चौबीस : परिवर्तन

*भाषण; मौखिक प्रणाली की बधिर शिक्षा, विद्वान निशिकावा द्वारा, 20 जनवरी, योदोया ऑडिटोरियम, अब मूक बोल उठेगा

आप बच्चों के माता-पिता हैं
परन्तु आपने बच्चे के मुँह से माता-पिता कभी नहीं सुना!!
育教聾式話口
*मौखिक प्रणाली की बधिर शिक्षा
आपके जीवन में वह दिन कभी नहीं आयेगा जब बच्चे आपको माता-पिता बुलाएँगे
आह, क्या बदकिस्मत है
परन्तु आप अभी उम्मीद नहीं छोड़िए
बच्चा बधिर है पर उसका गला और जीभ सही है
मेरी बेटी बधिर है, लेकिन बोल सकती है

प्रशिक्षण और सही शिक्षा प्रणाली, अर्थात मौखिक प्रणाली के माध्यम से
बधिर को बोलना आ सकता है!!
अरे अरे अरे
आपके सामने दिखाता हूँ
हामाको, इधर आओ
कट कट...
सब को नमस्कार करो
आप सब को नमस्कार
मेरा नाम निशिकावा हामाको है

अरे अरे
यह कोई जादू नहीं है
मेरे होंठ देख कर वह समझ लेती है कि मैं क्या कहता हूँ
तुम बोलो कि माता-पिता
माता
पिता
おおお
अरे अरे अरे

मौखिक प्रणाली के प्रचलन का संकल्प लेकर निशिकावा, हाशिमुरा और कावामोतो ने उसी साल से अपना प्रयास आरम्भ किया
जनवरी में शिक्षा मंत्रालय के सहयोग से प्रथम मौखिक प्रणाली व्याख्यान का आयोजन हुआ
फरवरी में मासिक पत्रिका "मौखिक प्रणाली की बधिर शिक्षा" का प्रकाशन हुआ
創刊號
月刊誌
口話式聾教育
*मौखिक प्रणाली की बधिर शिक्षा
अप्रैल में निशिकावा ने अपने निवास में "निशिकावा बधिर मौखिक प्रशिक्षण अध्ययन केन्द्र" की स्थापना की
आसपास के क्षेत्रों से बधिर बच्चों के साथ उनका शिक्षक जीवन आरम्भ हुआ
निशिकावा हामाको के साथ देश के कोने-कोने में मौखिक प्रणाली पर भाषण देने गये

आइकवा मकोतो ओसाका शकर में ईएनटी का डॉक्टर था, निशिकावा के भाषण से वह बहुत प्रभावित हुआ
मौखिक प्रणाली की बधिर शिक्षा
話式聾教育
देश भर में हामाको के प्रदर्शन का जबर्दस्त प्रभाव पड़ा और मौखिक प्रणाली प्रचलित होने लगी
निशिकावा से सलाह लेकर डॉ. आइकवा ने सन्ध्या कालीन विद्यालय में "नानिवा बधिर मौखिक प्रशिक्षण स्कूल" की स्थापना की

इस्सकु!!
आ गये, इस्सकु...
नमस्कार माँ
अरे, तुम कितना बदल गये
नमस्कार माँ

सुनो इस्सकु, ताकाहाशि सर अब प्रधानाचार्य बन गये हैं
यह तो...
हाँ...
आपकी मूँछ...
प्रधानाचार्य बनकर कुछ नहीं बदला
नाम ही तो बदला है
प्रधानाचार्य...!?
सचमुच!?
मैं ऊँचा... आदमी... था
पर अब
मूँछ...आदमी!!
मूँछ... आदमी?
हा हा हा हा

इस्सकु फुकुदा सर की कक्षा में सह शिक्षक के रूप में कार्य करेगा
चार
तीन
दो
एक
मैं एक साल तक उसे बेहतर प्रशिक्षण दूँगा
जी, सर
धम धम धम
ओसोने, क्या हुआ!?
गोइचि को फिर से अस्थमा का दौरा पड़ गया...
हाँफ
हाँफ
हाँफ

बेचारा, कमजोर बच्चा...
जल्दी डॉक्टर के पास ले जाना
जी!!
मैं उसके घर पर फोन करता हूँ
ऐ, दूर हो जाओ!!
室長校
मैं ओसोने हूँ, उधर आ सकता हूँ?
खट
खट
ध्यान से
ध्यान से लाना

*प्रधानाचार्य

नमस्कार सर, मैं यामाओका गोइचि की माता हूँ
नमस्ते, आइए बैठिए
गोइचि कैसे हैं?
अब हमारे कर्मचारी उसे ले जा रहे हैं
अच्छा, यामाओका जी की कपड़े की बड़ी दुकान है
आप इधर बैठिए
कोई बात नहीं...अभी मुझे जाना होगा
क्या हुआ? ओसोने सर...
जी... वे बता रही हैं कि
गोइचि दूसरे स्कूल में जायेगा

दूसरे स्कूल में...?
प्रधानाचार्य सर...
योदोगावा के इलाके में नानिवा बधिर मौखिक प्रशिक्षण स्कूल खुला है, आपको भी पता होगा?
हाँ... मौखिक प्रशिक्षण देने वाला प्राइवेट स कूल है
हम गोइचि को उसी स्कूल में भेजना चाहते हैं
सुनिए... अभी जैसे मैंने आपको बताया है कि हमारे स्कूल में भी उच्चारण का अभ्यास किया जाता है
मौखिक प्रशिक्षण की कक्षा भी जरूर ही आरम्भ होगी...
फिर भी, ऐसा लगता है कि आपको मौखिक प्रशिक्षण की कम जानकारी है!!

मैं निशिकावा सर की मौखिक प्रणाली का लेक्चर सुनकर आयी हूँ
आप अपने उच्चारण का अभ्यास और आज के मौखिक प्रशिक्षण को समान मानते हैं, पर मैं इससे सहमत नहीं हूँ!!
हामाको ओष्ठ पठन से पूरी बात समझ लेती है और तेजी से वाक्य का भी एकदम सही उच्चारण कर रही है
"को" "से" "का" आदि के प्रयोग में भी कोई गलती नहीं है
इस स्कूल में ऐसी ही शिक्षा मिलेगी!?
आप लोग गोइचि को हामाको जैसे बना पाएँगे!?
गोइचि की माता जी...
यह हम भी मानते हैं कि यह मौखिक प्रणाली एक क्रान्तिकारी शिक्षा प्रणाली है

परन्तु मुझे यह सन्देह है कि
फिलहाल की मौखिक प्रणाली ने सांकेतिक भाषा को एकदम नकारा है
यदि सभी बच्चे मौखिक प्रणाली को अपना पाते
और सभी बधिर बच्चे हामाको जैसे बन पाते तो मैं भी उसी को मानूँगा
परन्तु मौखिक प्रणाली सभी के लिए उपयुक्त प्रणाली नहीं है
हमारे हिसाब से... 20, 30 प्रतिशत बच्चे ही उसे अपना पाएँगे

मेरे बच्चे को...
बोलना आ
सकता है...
आप लोग
सांकेतिक भाषा
की रक्षा के लिए
उस सम्भावना
को छोड़ रहे हैं!?
किस हिसाब
से आप यह
बता रहे हैं!?
यही
माता-पिता
की इच्छा
है...!!
माता-पिता की
चाह को क्यों
नहीं समझ
सकते!?
एक बार ही सही,
पर उसके मुँह से
माता-पिता सुनना
चाहते हैं!!

समय की चाह है...
समय बदल रहा है
माता-पिता की सहज इच्छा है कि बच्चे बोल उठे,
उसी इच्छा से मौखिक प्रणाली को बड़ा सहारा मिल रहा है
यामामोतो सर का तोक्यो वाला स्कूल और इसोमुरा सर का नागोया वाला स्कूल
मिए, फुकुओका, वाकायामा, नागासाकी, कानागावा आदि जिले में भी
इसी वर्ष कई स्कूलों में मौखिक प्रशिक्षण दिये जाने लगा

तोक्यो और नागोया शहर में मौखिक प्रशिक्षण की कक्षा बढ़ेगी और आखिरकार सांकेतिक भाषा की कक्षा समाप्त की जायेगी
समाप्त!?
सांकेतिक भाषा से इतनी नफरत क्यों करते हैं ?
सांकेतिक भाषा के बिना बच्चों का क्या होगा!?
हाइनिक्के और डो लेपे की विचारधाराएँ परस्पर विरोधी थीं
योरोप में बधिर शिक्षा की शुरुआत से यही विवाद चल रहा है
इसलिए मौखिक प्रशिक्षण द्वारा बच्चों को वाणी प्रदान कर उसे ''साधारण'' बनाने का प्रयास किया जाता है
हाइनिक्के मौखिक प्रणाली का पक्ष ले कर उसी को साधारण मानव मानते हैं ''जो बोल सकता है'' और ''बधिर'' को असाधारण प्रवृति मानते हैं
डो लेपे ने सांकेतिक भाषा प्रणाली का पक्ष लेकर ठीक विपरीत बात बताई है

इसलिए बधिर के लिए उपयुक्त शिक्षा प्रणाली यानी सांकेतिक भाषा की शिक्षा को प्रोत्साहित करते हैं
वे बधिर-मूक लोगों को साधारण मानव मानते थे और उनके लिए बधिर असाधारण नहीं है
मैं डो लेपे का पक्ष लेता हूँ
फिर भी मौखिक प्रशिक्षण की सफलता की अवहेलना नहीं करता
बिलकुल! मैं भी अवहेलना नहीं करूँगा
परन्तु सांकेतिक भाषा बहुत ज्यादा नकारी जा रही है
बधिरों के अलग-अलग प्रकार होते हैं
कुछ बच्चे मौखिक प्रशिक्षण अपना सकते हैं, कुछ बच्चे नहीं
मैं माता-पिता की इच्छाओं को अच्छी तरह समझता हूँ कि बच्चे बोल सकें
लेकिन सीखने वाले तो बच्चे हैं

सांकेतिक भाषा बधिर-मूक की मातृ भाषा है, जो उन्हीं लोगों ने बनाई और विकसित की
बहुत सारे बच्चों को सांकेतिक भाषा की आवश्यकता है
उसी को नकार कर मौखिक प्रणाली को अपनाने की जबर्दस्ती करें, मैं ऐसा नहीं कर सकता
और करना भी नहीं चाहिए
प्रत्येक बच्चें के लिए उपयुक्त शिक्षा प्रणाली...
लेकिन सांकेतिक भाषा के आधार पर मौखिक प्रशिक्षण हो...
ऐसी शिक्षा होनी चाहिए

तुमने क्या
कर दिया!!
मौखिक प्रशिक्षण, क्या बकवास कर रही हो
ताकाहाशि सर ने हमारे लिए क्या नहीं किया, फिर तुमने ऐसा विश्वासघात...
कर
र र
गोइचि... कैसे हो?
जरा उठ जाओ

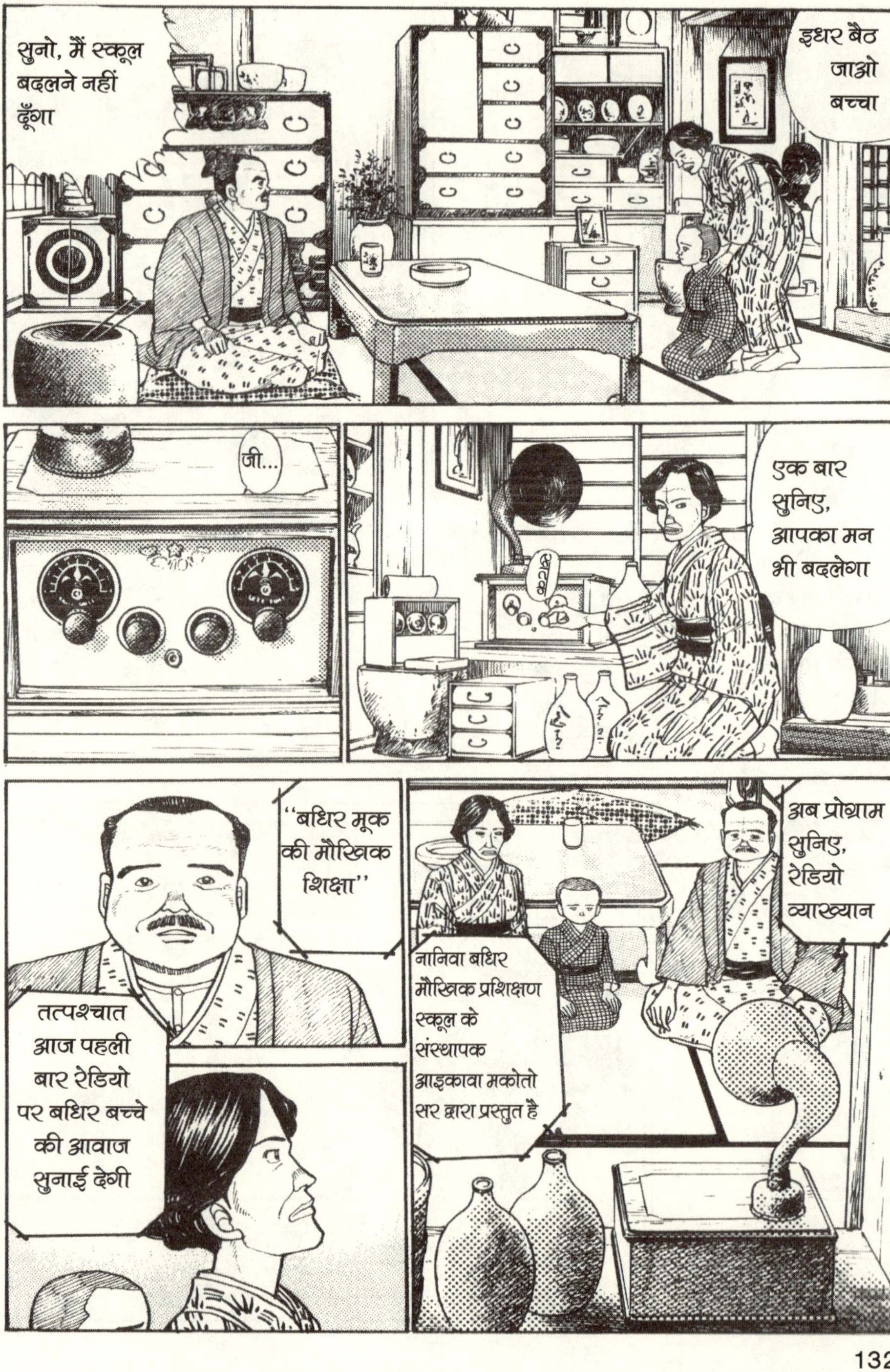
सुनो, मैं स्कूल बदलने नहीं दूँगा
इधर बैठ जाओ बच्चा
जी...
एक बार सुनिए, आपका मन भी बदलेगा
खटक
अब प्रोग्राम सुनिए, रेडियो व्याख्यान
''बधिर मूक की मौखिक शिक्षा''
नानिवा बधिर मौखिक प्रशिक्षण स्कूल के संस्थापक आइकावा मकोतो सर द्वारा प्रस्तुत है
तत्पश्चात आज पहली बार रेडियो पर बधिर बच्चे की आवाज सुनाई देगी

बधिर होने के कारण मूक हो जाता है, जो नहीं बोल सकता
परन्तु मौखिक शिक्षा प्रणाली के माध्यम से मूक का बोलना सम्भव हो जाता है
उस आकाशवाणी के कार्यक्रम में पहली बार बधिर बच्चों की आवाज सुनाई गयी
जो नागोया के स्कूल के दो छात्रों और निशिकावा हामाको की आवाज थी
कियोशि ने अपने घर में बैठ कर उसी रेडियो प्रोग्राम को सुना
प्रोग्राम में आइकावा के भाषण को सुनाया गया, उसके बाद हामाको ने अखबार के लेख और डायरी का पाठ किया

हामाको ने प्यारी सी आवाज में विशुद्ध उच्चारण के साथ पाठ प्रस्तुत किया
इस प्रोग्राम की जबर्दस्त प्रतिक्रिया हुई और अगले दिन के अखबारों में बड़ी प्रतिक्रिया आने लगी
*प्रोग्राम ने सब को अभिभूत किया, परन्तु उस बच्चे को अपनी आवाज अपने ही कान में सुनाई नहीं देती
涙を誘う放送
語る声も我が耳には聴こえず…
1925 तक देश के सम्पूर्ण बधिर-मूक स्कूलों में से 18 स्कूलों में मौखिक प्रशिक्षण की कक्षा शुरू हुई
बधिर शिक्षा की मुख्य धारा सांकेतिक भाषा प्रणाली से मौखिक प्रणाली की ओर बदलने लगी

अध्याय पच्चीस : गोइचि

*जापानी भाषा में ''आतोउसान'' का अर्थ है ''पिता जी''

बताओ?
ओओ आ न
हाँ... ठीक है
शाबाश, अच्छा बच्चा
अब खुद बोल कर दिखाओ

सर ने क्या बोला...?
अब “माता जी” बोलो
मा ता जी
ठक
“पिता जी” बोला या “माता जी”!?
कितनी बार बताया!?
तुम्हें इशारे से बिलकुल बात नहीं करनी है

तुम यहाँ क्या सीखने आये हो!?
ये हाथ दे दो!!
हाथ दे दो बता रहा हूँ!!

छपाक
छपाक
बता चुका कि यहाँ बिलकुल इशारा नहीं करना है!!
छपाक
क अ
क क अ अ..
मेरे मुँह को ही देखते रहो!!
देख अब निकली तेरी आवाज!!

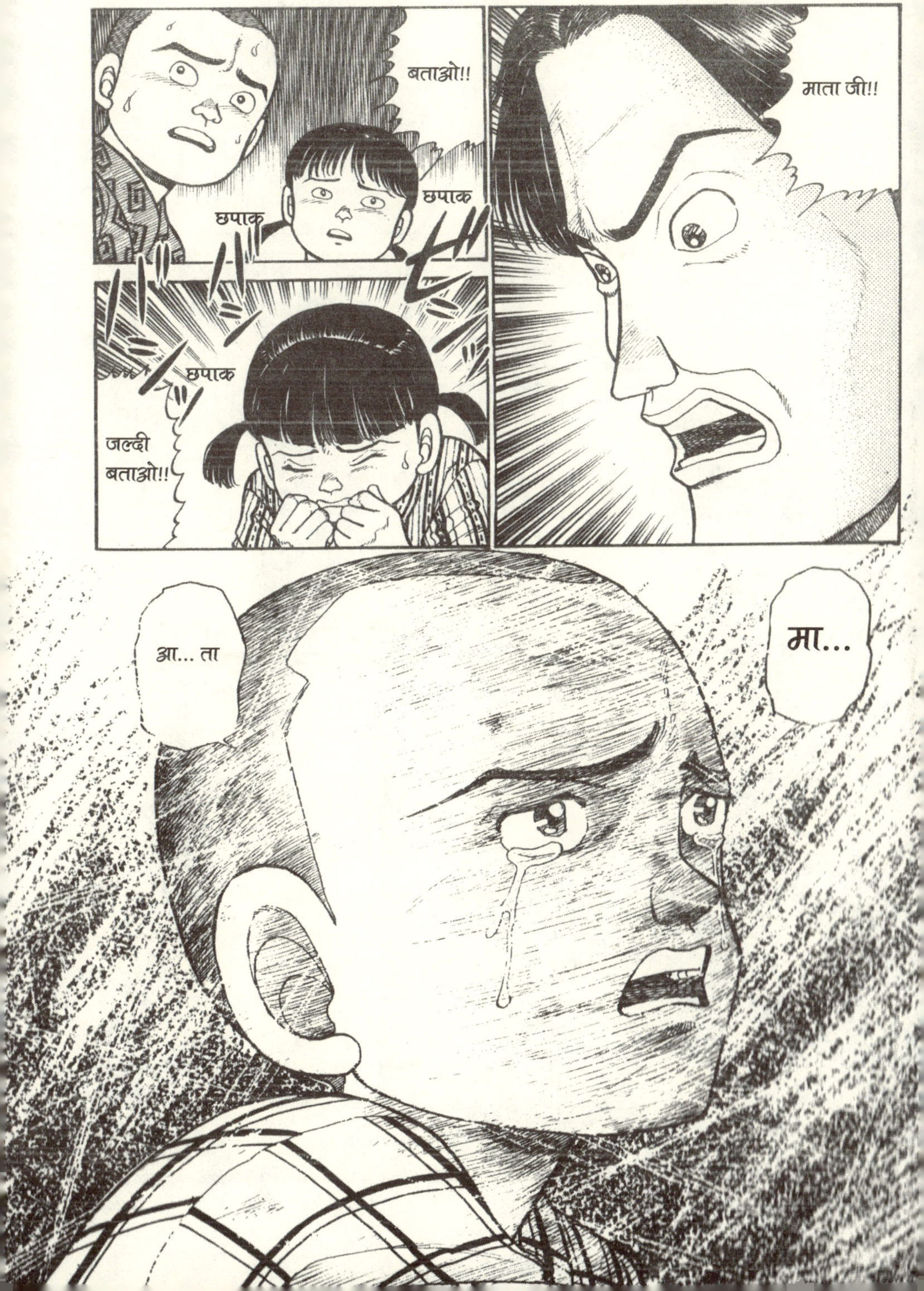

माता जी!!
बताओ!!
छपाक
छपाक
छपाक
जल्दी बताओ!!
मा...
आ... ता

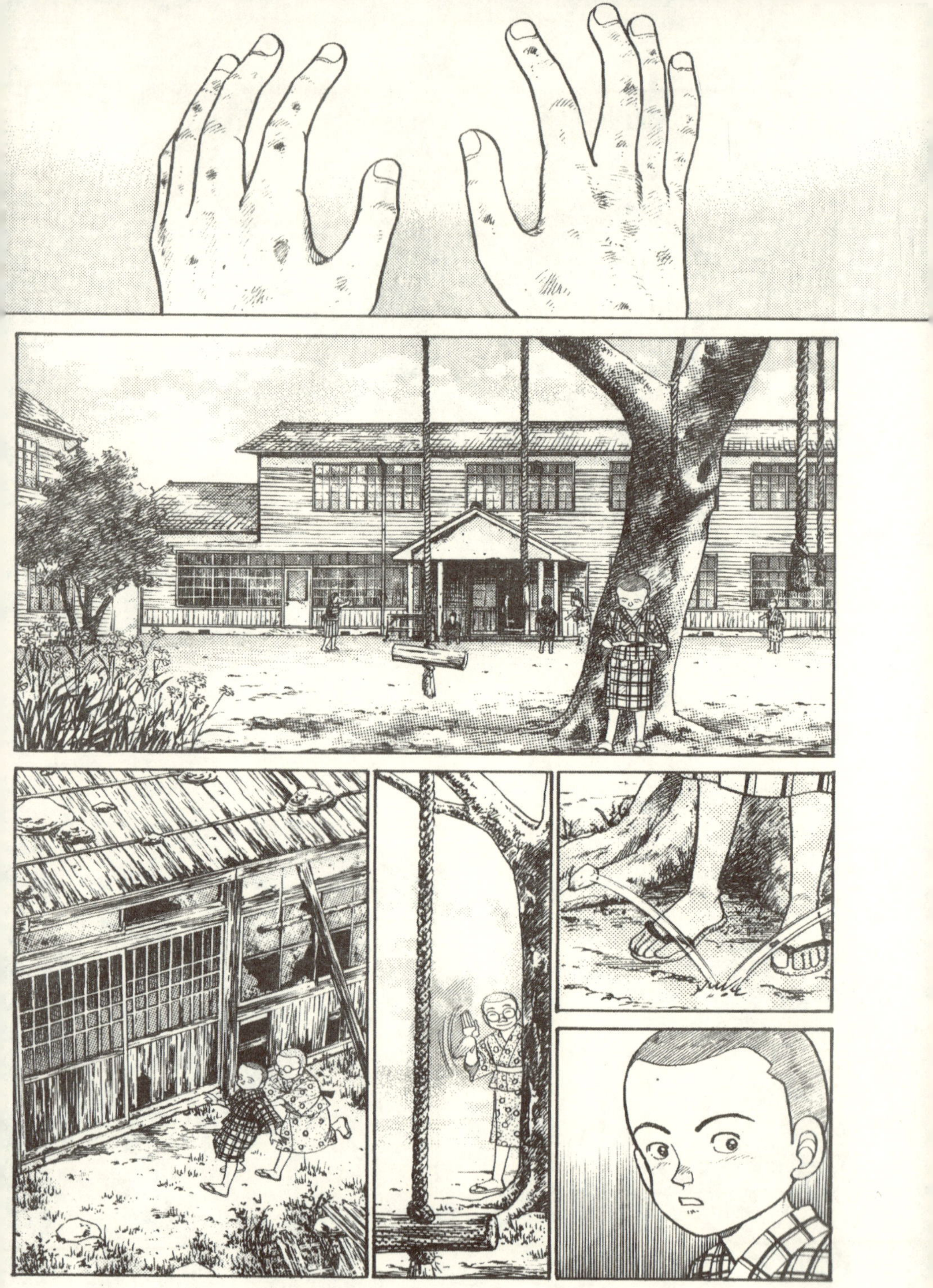

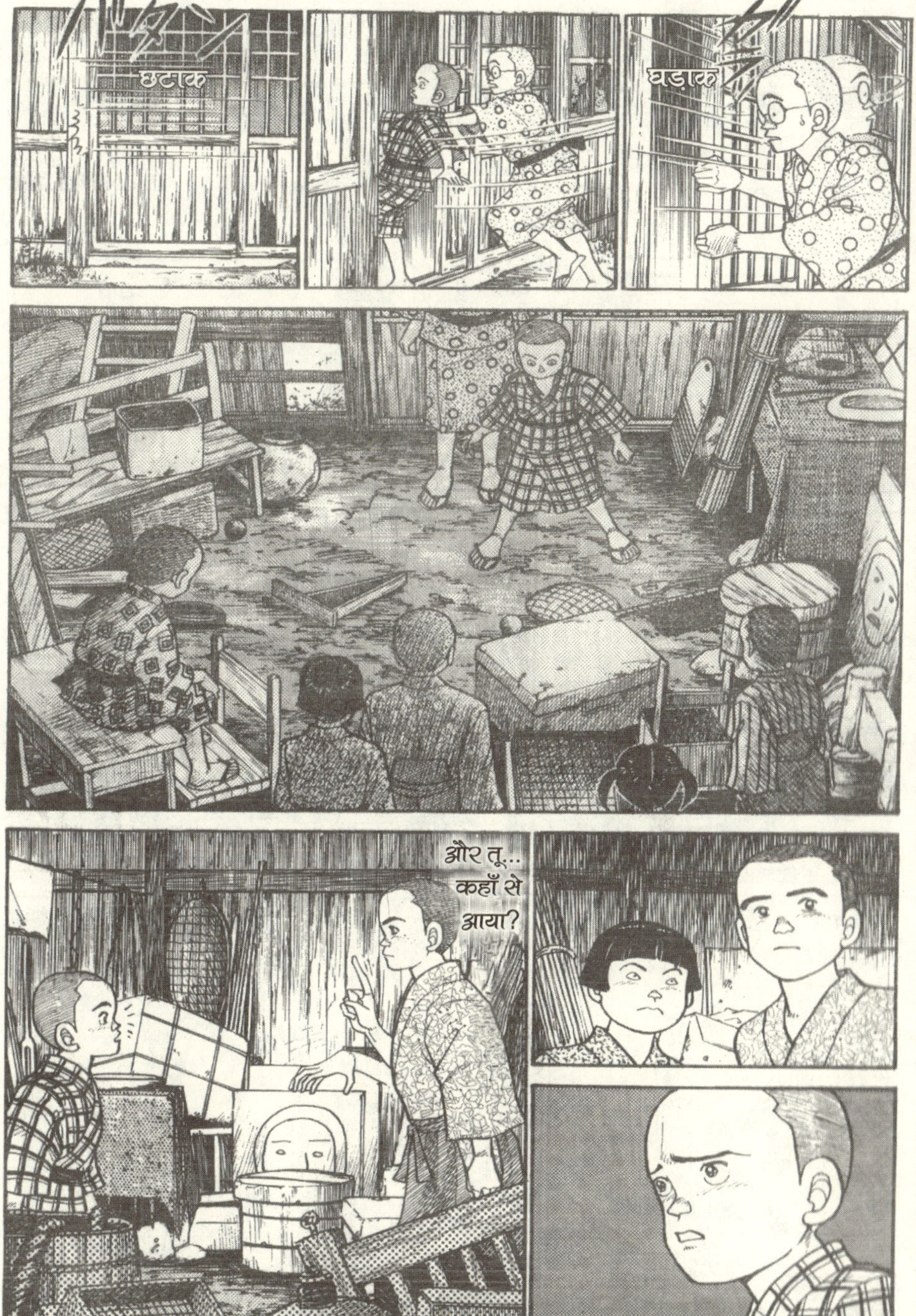

घटाक
घड़ाक
और तू...
कहाँ से
आया?

सांकेतिक भाषा... मना नहीं है!!
चिन्ता मत करो, सर को पता नहीं चलेगा
नाम... क्या है?
सांकेतिक भाषा में बात करो
यामाओका...
मेरा... नाम
मेरा नाम ताकाहाशि है
मैं कोबे शहर से हूँ
मुराता...
क्योतो शहर से हूँ
मैं मुराता हूँ

ताकाहाशि...?
प्रधानाचार्य का नाम भी वही है!!
वे तुम्हारे पहले वाले स्कूल के हैं?
हाँ, बहुत भले और स्नेहिल हैं, उनकी सांकेतिक भाषा बहुत सुन्दर है
सांकेतिक भाषा में बहुत सी परी कथाएँ और रोचक कहानियाँ सुनते हैं
वापस जाना चाहती हूँ...
तुम रोओ मत
क्या हुआ...?
क्यों!?
यहाँ सांकेतिक भाषा क्यों मना है?

वे लोग सांकेतिक भाषा के लिए मना क्यों करते हैं?
हाँ!! सांकेतिक भाषा के बिना हम सब परेशान हैं
खड़ाक
सुन!! रुको, कोई आ रहा है
अब पता चला, वही कारण था कि
ये बच्चे मौखिक प्रशिक्षण ठीक से नहीं अपना सकते थे...
堂講

*ऑडिटोरियन

सांकेतिक भाषा की आदत पड़ चुकी है, इन्हें इस स्कूल में नहीं आना चाहिए था
सुनिए आप लोग, वे बच्चे इशारे की आदत नहीं छोड़ पाएँगे
प्रधानाचार्य सर, बात और भी है
जो बच्चे सांकेतिक भाषा नहीं जानते, वे भी उसी में बात करने लगेंगे।

अगर ऐसा हुआ, तो इस स्कूल का मतलब ही खत्म हो जायेगा
मैंने इशारे से बात की
म...माफ कीजिएगा सर!!
सांकेतिक भाषा का विरोध करेंगे, चाहे उसके हाथों को बाँध कर भी
तो सुनिए आप लोग ध्यान से
मैं आखिरी बार कह रहा हूँ
भाषा सिखाइए...
बच्चे को बोलनेवाली भाषा सिखाइए!!

मौखिक प्रशिक्षण...।
यानि बच्चों को बोलना सिखाना
'मैं ने इशारे'
यह बहुत कठिन है
साथ ही यह बहुत उत्तम मार्ग है!!
इसे अपनाने के लिए सिर्फ स्कूल की पढ़ाई पर्याप्त नहीं है
घर में माता को ही स्वयं शिक्षक बनना होगा!!
घर और स्कूल दोनों में मिलकर कोशिश करें, तभी मौखिक प्रशिक्षण सफल होगा
अब हमें सिर्फ यही करना है!!

सांकेतिक भाषा से एकदम अलग रखना है!!
सांकेतिक भाषा मौखिक प्रशिक्षण में बहुत बाधक होती है
निशिकावा सर की बेटी हामाको उस लड़की के साथ सिर्फ 6 घंटे खेली, जिसे सांकेतिक भाषा आती थी
यदि आप अपने बच्चों का मौखिक कौशल बढ़ाना चाहते हैं तो
मेरी बात हमेशा याद रखना!!
उसके बाद हामाको के मौखिक कौशल की पढ़ाई बहुत कमजोर हो गयी

शारे
से
की
मैंने इशारे
से
बात की
मैंने इशारे
से
बात की
मैंने इशारे
से
बात की
मैंने इशारे
से
बात की
आप समझें!!
अरे, इधर क्यों बैठे हो?
क्यों? क्या बात है?

आज हम गोइचि के घर पर खेलने गये
क्या हुआ...?
गोइचि को?
हैड मास्टर, गोइचि बेचारा है
उसकी दादी ने हमें चाय और मिठाई दी
हमने कॉमिक पढ़ा, पचीसा खेल भी खेला
गोइचि थोड़ा कमजोर हो गया
परन्तु हमारे साथ खुशी से बात की

हमने संयोग से देखा कि
गोइचि की माँ बहुत गुस्सा थी
वह गोइचि को डाँटने लगी
× × × × × ×
× × × × × ×
और कागज में कुछ लिख कर हमें दिखाया
माँ बहुत गुस्से में थी, उन्होंने गोइचि के गाल पर चाँटा मारा
यहाँ सांकेतिक भाषा का प्रयोग मना है, चले जाओ, भाग जाओ!!

あअ
अ
×××
××!!
×××
××!!
अ...
अ
अ!!
गोइचि ने माँ को धक्का मारा
अ
अ
अ!!

क्रैक क्रैक
अ अ अ अ अ
दूकान के लोग गोइचि को रोकने के लिए आये
फिर भी गोइचि आपे से बाहर हो रहा था

हमने भी गोइचि को रोकने की कोशिश की
गोइचि आँसू बहा कर रो रहा था
हम भी रोने लगे
कमजोरी के कारण बहुत छुट्टी करता था, उसी गोइचि में कहाँ से इतनी शक्ति आयी
गोइचि हमेशा मुस्कराता था, उसमें इतना गुस्सा पहली बार देखा...

ऐसा नहीं होना था...
यहाँ सांकेतिक भाषा का प्रयोग मना है, चले जाओ, भाग जाओ!!
सर... सांकेतिक भाषा मना है?
どうして
手話ダメ!?
गोइचि की माँ पहले हमें बहुत प्यार करती थी, मैं भी उसे पसन्द करता था...
सर... गोइचि को बचाओ!!
बहुत बेचारा है, गोइचि!!
सांकेतिक भाषा बिलकुल मना नहीं है!!
बिलकुल मना नहीं!!

क्या तुम लोगों को सांकेतिक भाषा पसन्द है?
सांकेतिक भाषा में बात करने में मजा आता है?
हाँ... ठीक है
गोइचि की माँ से मिलने जाता हूँ
लोग कुछ भी करें, मैं जरूर सांकेतिक भाषा की रक्षा करूँगा
मैं सांकेतिक भाषा की रक्षा करना चाहता हूँ

अध्याय छब्बीस : ओष्ठ पठन

*नानिवा बधिर मौखिक प्रशिक्षण स्कूल

मौखिक प्रशिक्षण में शब्दों का ही महत्त्व है
बच्चों को शब्दों की दुनिया में डुबो देना है
आज मैं कक्षा के बाद उससे बात करना शुरू करूँगा
मौखिक भाषा आएगी, गोइचि को सुखी जीवन मिलेगा
बिना किसी डर के सामान्य लोगों के समाज में शामिल हो सकता है!!
गोइचि को शिक्षा दीजिएगा
हम कृतज्ञ हैं
उस सुख के मिलने के बाद ही वह समझ पायेगा कि माँ और हमने क्यों सख्ती से मौखिक प्रशक्षिण दिया था

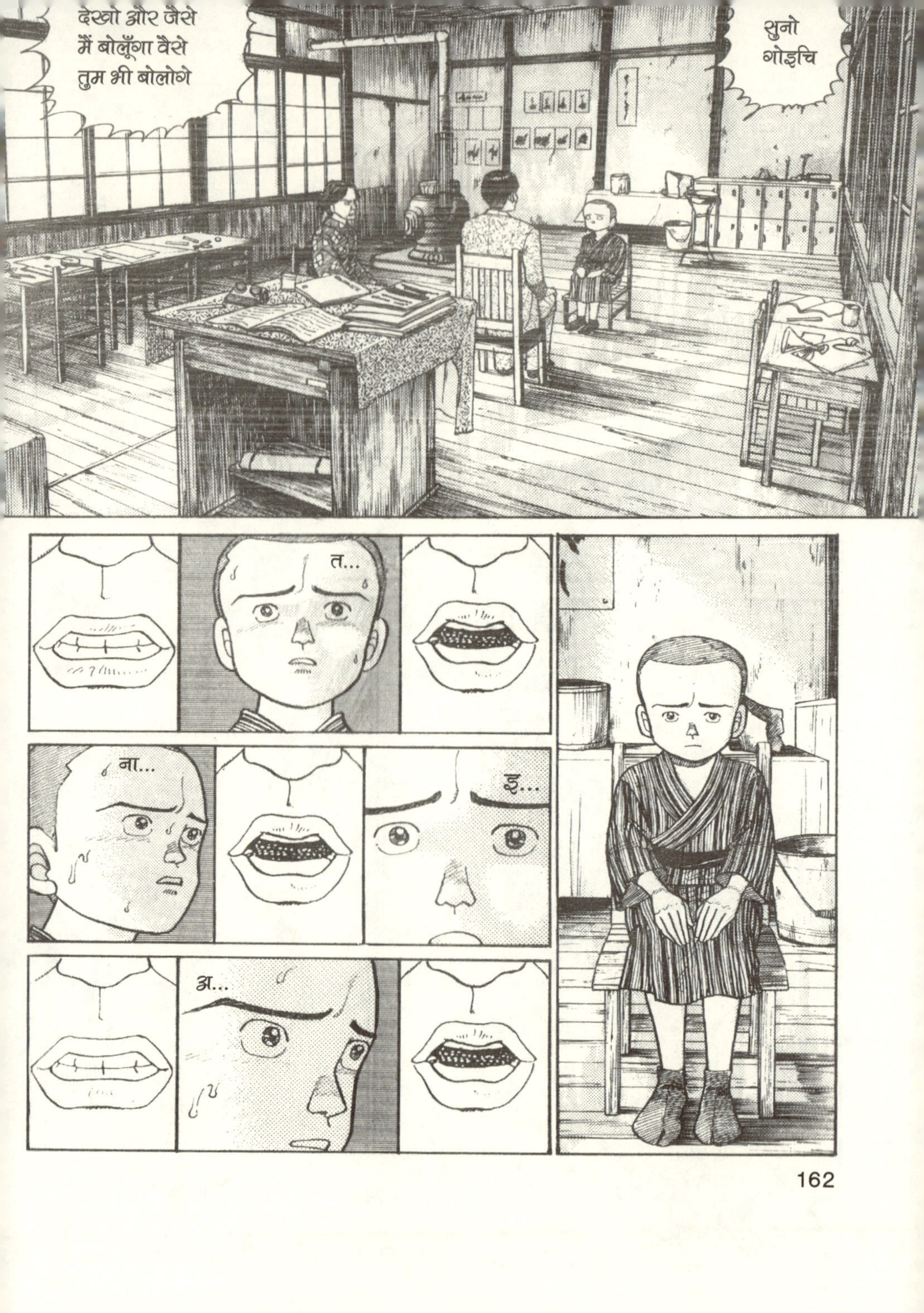
सुनो
गोइचि
देखो और जैसे
मैं बोलूँगा वैसे
तुम भी बोलोगे
त...
ना...
इ...
अ...

इ...?
तइनाअइ...?
तचिनासाइ (खड़े हो जाओ)...?
चर
चर
अइ...
सा...
उ...?
अ...
इ...
सा...
उ...
ओ...
अइसात्सुओ
(नमस्कार)...?
इ...
ना...?
सा...
इ...
अइसात्सुओ
(नमस्कार)...
शिनासाइ
(करो)...?

XXX XXX
अध्यापक और माता मुस्कराकर कुछ बात करते हैं
XXX XXX
परन्तु गोइचि को समझ में नहीं आता कि वे क्या बात करते हैं
अचानक अध्यापक गोइचि की ओर देखता है कुछ बताने लगते हैं
XXX XXX

ओ... इ... वाओ... मो... तेकिअ... इ
गोइचि को पता नहीं चलता कि वह क्या बोलते हैं
अध्यापक जरा चिढ़ कर दुबारा बोलते हैं
ओ...
ओ...
कि...
इ...
वा...
फिर अध्यापक मेज की ओर इशारा करते हैं
गोइचि अन्दाजा लगाता है
ओओकिइवा (बड़ा रिंग)... मो... तेकिअ... इ
ओओकिइवाओ (बड़ा रिंग) मोत्तेकिनासाइ (लेकर आओ)

गोइचि डर डर कर बड़ा रिंग लाता है और अध्यापक और माता दोनों सन्तुष्ट होकर मुस्कराते हैं
तभी गोइचि गहरी साँस लेता है कि मैंने अब कोई गलती नहीं की
अध्यापक फिर शुरू करते हैं
''रूमाल निकालो''
''रूमाल वापस रखो''
''कदम चलाओ''
बात थोड़ा जटिल होने लगती है
''मेरे ताली बजाने के बाद दरवाजे के पास जाओ''
''खड़ा होने के बाद ताली बजाओ और लाल लाइन तक आगे बढ़ो''

गोइचि पूरा ध्यान के साथ अध्यापक के होंठों को देखता है
परन्तु वह सिर्फ थोड़ा थोड़ा ही समझ पाता है
जितना समझ में आया, उसी के आधार पर अन्दाजा लगाता है
गोइचि सफल हुआ तो अध्यापक और माता को अच्छा लगता है, गोइचि असफल हुआ तो एकदम निराश होने लगते हैं
फिर गोइचि को लगता है
यह सब अजीब सा है...
मेरे साथ क्या हो रहा है और मैं यह क्या कर रहा हूँ...
कुछ अजनबी क्रोध का सा भाव उमड़ने लगता है
जोर से चिल्लाने का मन करता है

एहोनओ मोत्ते किनासाइ (सचित्र पुस्तक ले आओ)
XXX XXX
एओन... मोत्ते...इना... अइ...
वह "मोमोतरो" की कहानी थी
मोमोतरो...
वह ऐसी कहानी थी जो गोइचि ने जिन्दगी में पहली बार सुनी थी

ताकाहाशि सर के स्कूल में मेरी कक्षा के ओसोने सर ने सुनाई थी
सुन्दर इशारे और संकेत के साथ रोचक रूप में हमें कहानी सुनाई थी
गोइचि और बच्चे ओसोने सर के हाथों के इशारे को ध्यान से देखते रहे

गोइचि,
क्या
हुआ
पुस्तक
लाओ
माता जी,
बस
कीजिए
आज इतना
ही करेंगे

*ओसाका बधिर मूक विद्यालय

शोवा
昭和
अभी तक ''शोवा'' शब्द सांकेतिक भाषा में नहीं है
इसलिए हम अध्यापकों ने मिलकर इसे बनाया है
''शोवा'' को ऐसे दिखाएँगे
इस प्रकार कॉलर को दिखाएँगे
इसके बारे में कक्षा में वापस जाने के बाद विस्तार से बताया जायेगा
''शोवा'' की सांकेतिक भाषा ''हाइकाला'' के समान है। ''हाइकाला'' का अर्थ ''हाइ कॉलर स्टाइल'' है जो उस समय पाश्चात्य देशों से आये हुए भद्रपुरुषों के कपड़े थे। हाइकाला शब्द से शोवा की सांकेतिक भाषा का जन्म हुआ।
प्रधानाचार्य जी

ओसोने, क्या हुआ
जी, यामाओका गोइचि की बात है
आज सुबह... गोइचि से मिला था
मैं रेलगाड़ी में बैठा था, नागाहोरिदोरि मार्ग पर गोइचि को देखा
अगले स्टेशन पर उतर कर मैंने गोइचि को ढूँढ़ा
गोइचि ने मेरी ओर देखा तो मैं हैरान हो गया

बहुत कमजोर होकर उसका चेहरा एकदम बदल गया
ऐसा क्यों हुआ...
मुझे भी समझ में नहीं आ रहा है
उसकी आँखें निर्जीव सी थीं... निरीह सा चेहरा था
मैं हिचक गया था, पर सांकेतिक भाषा में बात करने की कोशिश की
वह केवल मुसकराता रहा और मेरी सांकेतिक भाषा को ऐसे देखता रहा, मानो वह बहुत दूर कुछ और देख रहा हो
पर फिर भी गोइचि ने सांकेतिक भाषा का इस्तेमाल नहीं किया

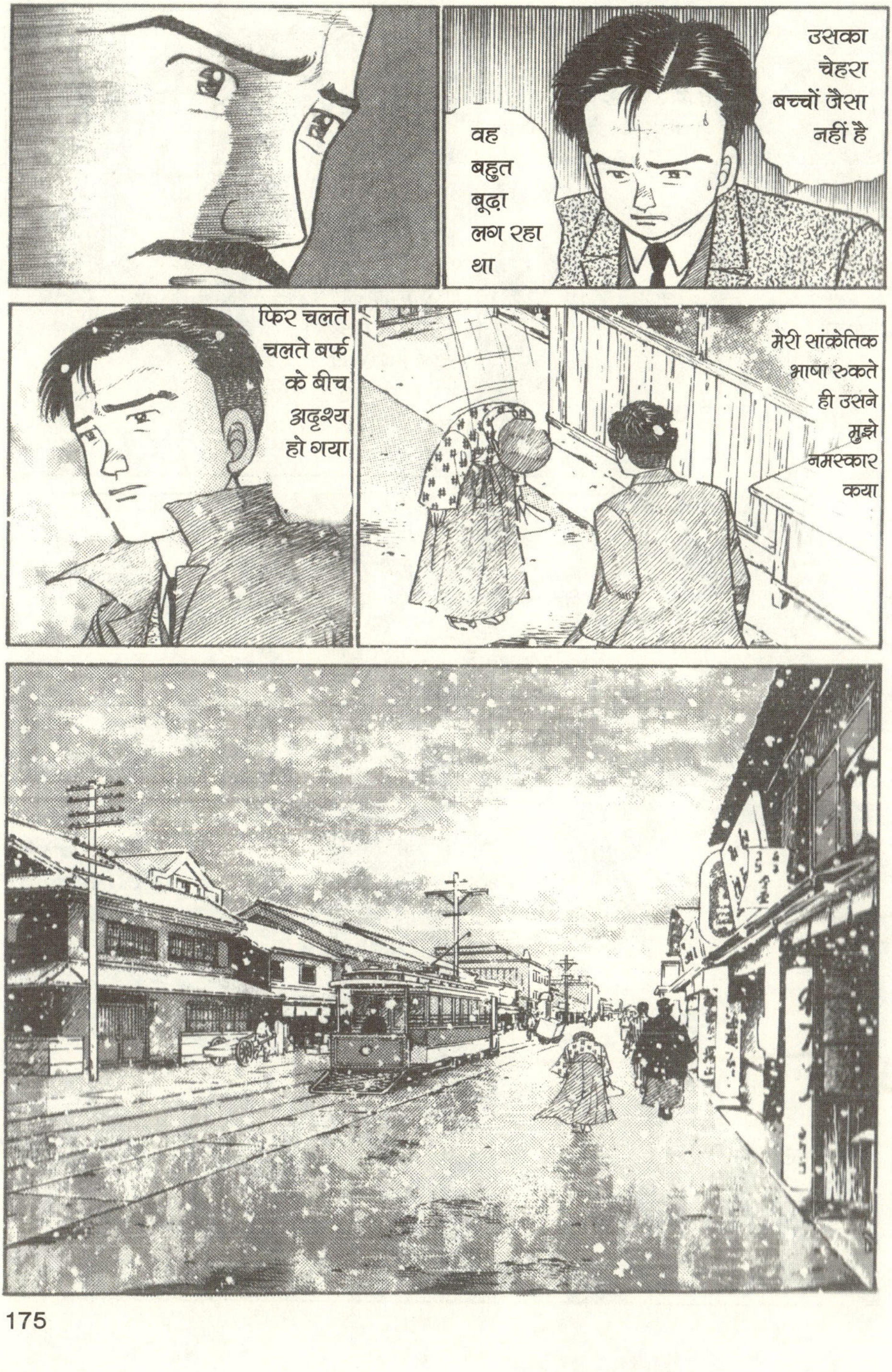
उसका
चेहरा
बच्चों जैसा
नहीं है
वह
बहुत
बूढ़ा
लग रहा
था
मेरी सांकेतिक
भाषा रुकते
ही उसने
मुझे
नमस्कार
कया
फिर चलते
चलते बर्फ
के बीच
अदृश्य
हो गया

प्रधानाचार्य जी...
मौखिक प्रशिक्षण की कक्षाएँ कई स्कूलों में शुरू की गयी हैं, इस साल तक ऐसे स्कूल दुगुने हो गये
वे लोग सांकेतिक भाषा का प्रयोग को मना करते हैं और मौखिक प्रशिक्षण से बधिर बच्चों को समाज से जोड़ने का प्रयास करते हैं
इसमें कोई बुराई नहीं है
परन्तु कुछ स्कूलों में बहुत ज्यादती की जा रही है
जैसे सांकेतिक भाषा के इस्तेमाल करने पर बच्चों को पीटा जाता है और हाथों को भी बाँध दिया जाता है
मुँह से "माता" "पिता" बोलने के लिए बधिर बच्चों के साथ जबर्दस्ती करते हैं
बच्चे को बोलते देख कर माता-पिता खुशी में आँसू बहाते हैं
परन्तु वे लोग यह बात भूल गये हैं कि
दूसरी ओर बच्चे खून के आँसू बहा रहे हैं

हमें सिर्फ देखते ही रहना है!?
ऐतिहासिक स्कूल, ओसाका बधिर-मूक विद्यालय मौखिक प्रणाली के सामने कुछ नहीं कर सकता है!?
पचि पचि पचि
वाह वाह
सब लोग, खामोश
वाह
पचि पचि
आज हम नानिवा बधिर मौखिक प्रशिक्षण स्कूल की प्रथम वर्ष गाँठ पर आदरणीय अतिथियों का स्वागत करते हैं
पचि पचि
वाह

आप सब जानते हैं, निशिकावा सर और हामाको आये हैं
वाह
पचि पचि
वाह
पचि पचि
आज मेरे स्थान पर हामाको आपका स्वागत करेगी
सबको मेरा नमस्कार
मैं निशिकावा हामाको हूँ
मैं 11 साल की हूँ
शोवा गकुएन स्कूल में जाती हूँ
हामाको का उच्चारण एकदम स्पष्ट है
अरे वाह
बधिर स्कूल नहीं सामान्य स्कूल में जाती हूँ

वह इंटिग्रेशन (समन्वय) शिक्षा की मार्ग निर्माता थी उस समय में यह एक आश्चर्यजनक घटना थी कि
हामाको अपने मौखिक कौशल का सदुपयोग कर शोवा गकुएन के बाद हचिमंचो कन्या विद्यालय की प्रवेश परीक्षा में उत्तीर्ण हो जाती है
विकलांग बच्चा सामान्य स्कूल जाकर
सामान्य बच्चे के साथ पदता है
जो शिक्षक, माता-पिता और बधिर बच्चे मौखिक प्रशिक्षण को अपनाते थे, वे हामाको को आदर्श मानते थे
बेवकूफ!!

एक ही बात बार-बार सिखाते हुए एक साल हो गया, अभी तक नहीं बोल सकते
माता जी, मैं आ गयी
बोलो!!
उधर खड़ी रहो!!
छोड़ो!!
मा आ
म... अ... ग...

छो...
ड़...
उध... २
खड़ी... २
मुझे
बेवकूफ
समझती
है क्या!!
ओष्ठ पठन
करने को
किसने कहा
ढुशम
ढुशम
ढुशम
इतना भी
नहीं
समझती!!
ढुशम
ढुशम
ढुशम
चलो!!
गोइचि

माता जी,
मैं आ
गया
क्या
हुआ,
गोइचि!!
क्यों नहीं
बोलता!!

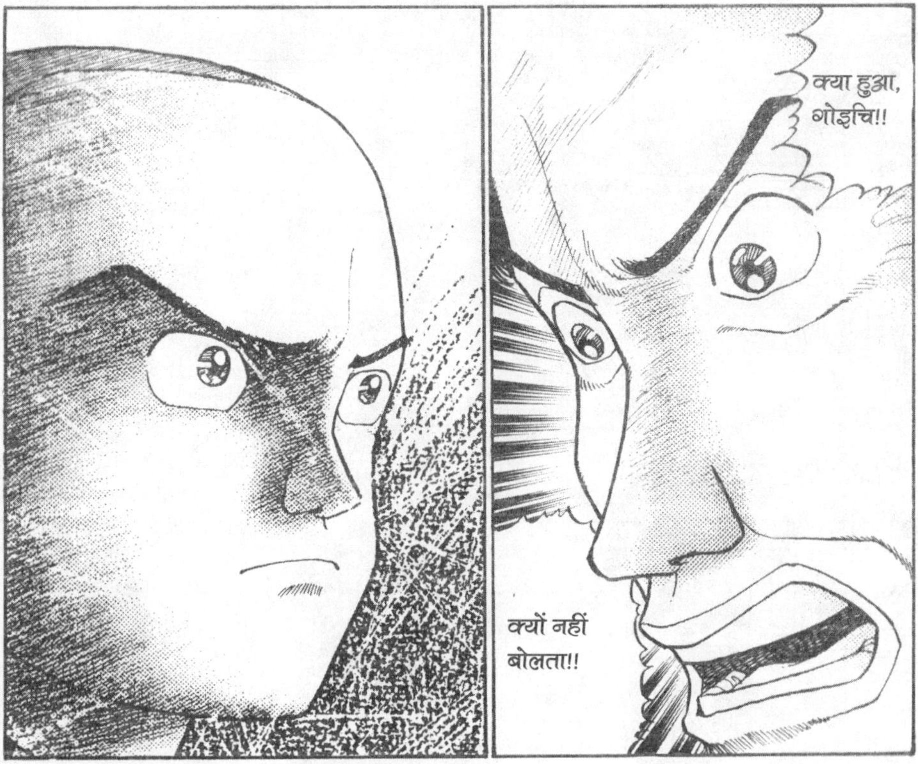

अध्याय सत्ताईस : बारिश में

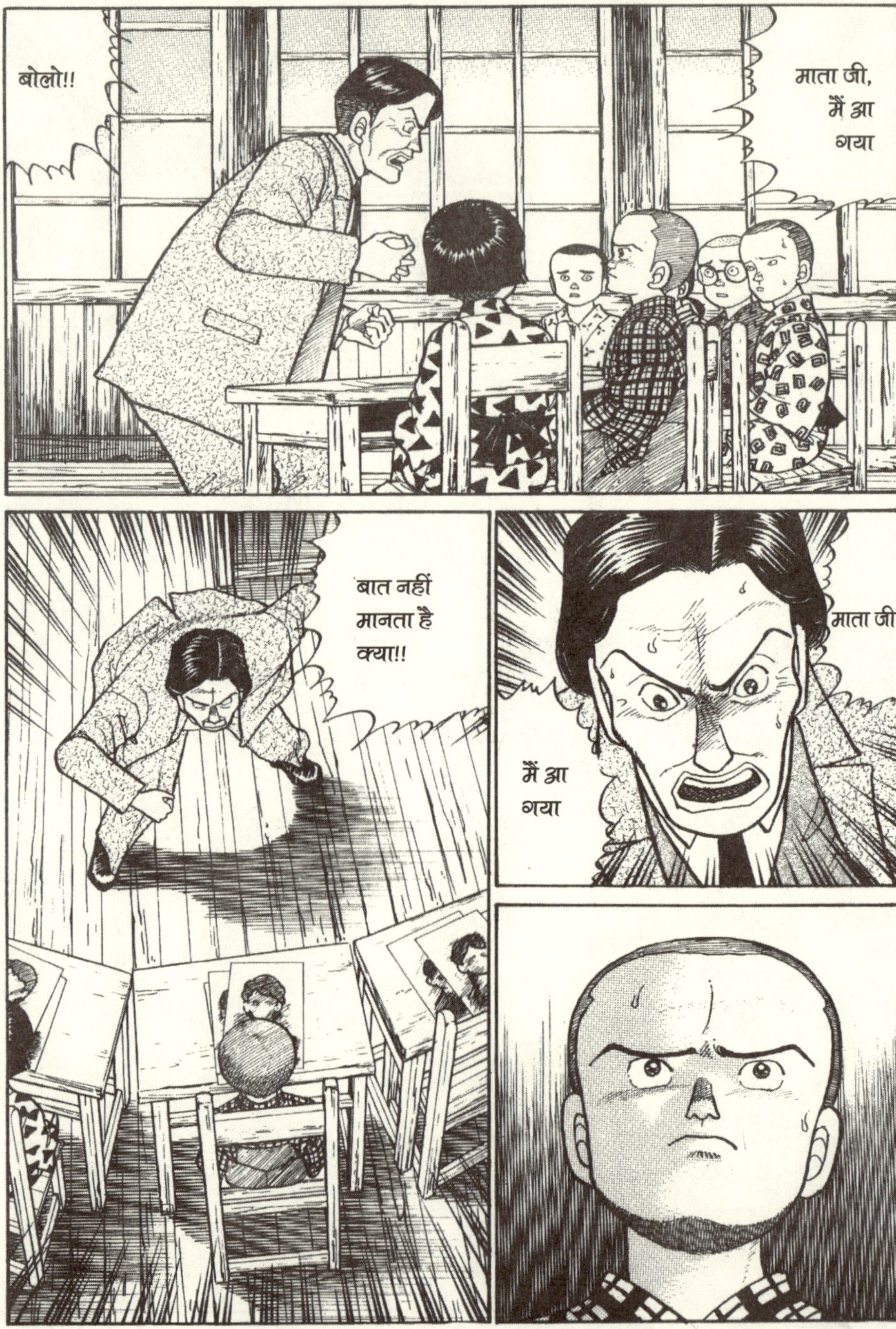
बोलो!!
माता जी, मैं आ गया
बात नहीं मानता है क्या!!
माता जी
मैं आ गया

अ अ अ!!
अ अ!!
अ अ अ अ

अ
अ
अ
घड़
घड़
घड़
घड़
ゴロ
ゴロ
ゴロ
ゴロ

तुम...
क्यों तुम...
छपाक
क्यों नहीं समझता!?
क्यों!?
मैं और तुम्हारे अध्यापक तुम्हारे लिए सब कुछ कर रहे हैं!!
छपाक
छपाक
छपाक
तुम्हें पता है कि सर ने मुझे क्या कहा!?

अब क्या होगा, गोइचि!!
तुम क्या करोगे!?
वे गोइचि को मौखिक प्रशिक्षण नहीं दे पाएँगे
उनको तुम जैसा छात्र नहीं चाहिए जो गुरु की बात नहीं मानता
बेवकूफ!!
छपाक
बेवकूफ लड़का!!
छपाक
छपाक
बेवकूफ!!
आह
बेवकूफ...

मा...ता जी...
मैं आ...
ग...या...
मा...ता जी...
मैं आ... ग...या...
गोइचि...

मा...ता
जी...
मैं...
आ...ग...या...
गोइचि...
अ...
अ अ...
गोइचि!!

गोइचि!!

*ओसाका बधिर मूक विद्यालय

सुनो
अब कक्षा में चलो
बारिश आ रही है
आकाश से आवाज आ रही है
आकाश से...?
बारिश के समय आकाश से आवाजें आती हैं?
अरे बुद्धू, तुम्हें नहीं मालूम?
खी खी खी

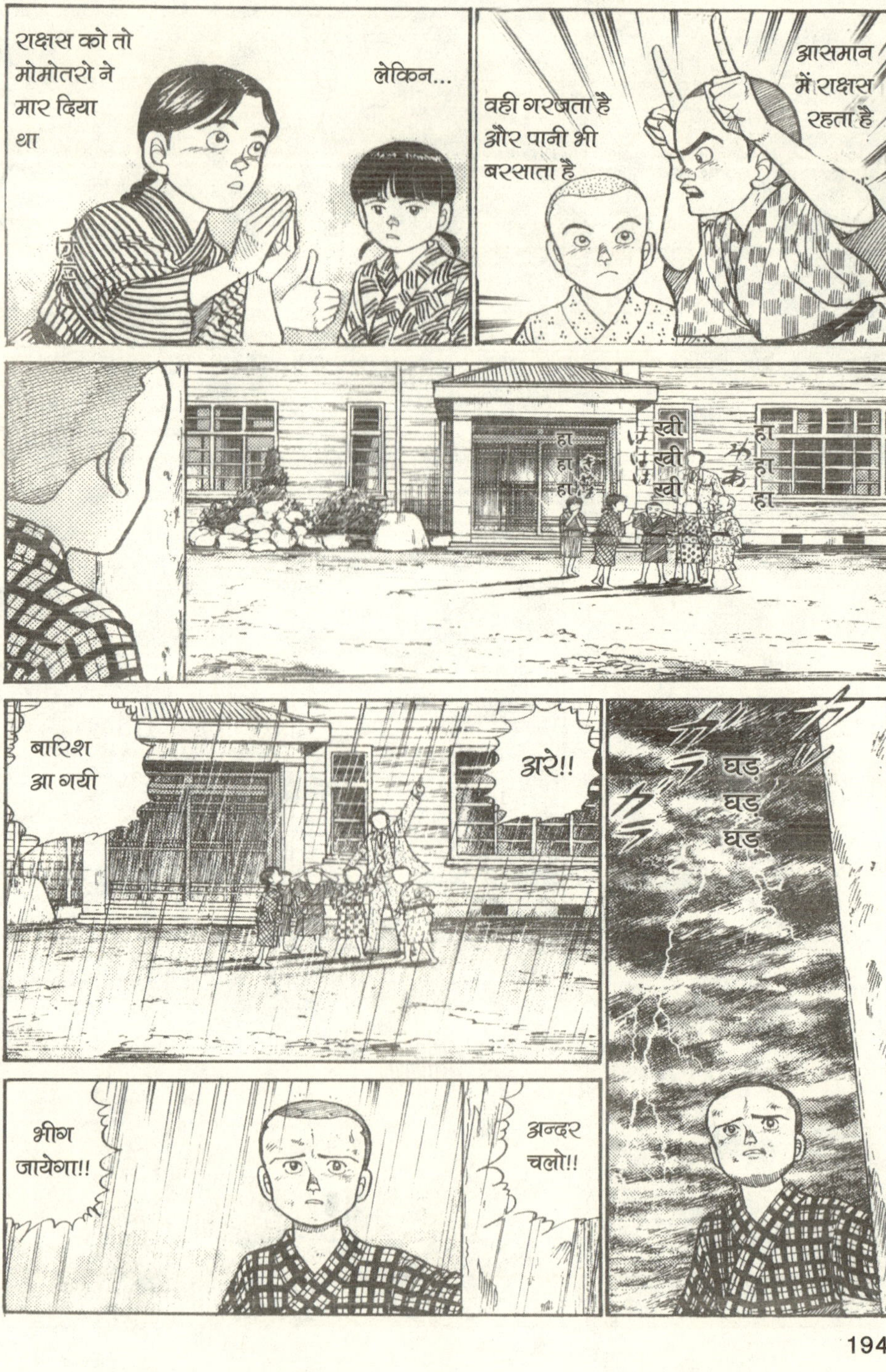

आसमान में राक्षस रहता है
वही गरजता है और पानी भी बरसाता है
लेकिन...
राक्षस को तो मोमोतरो ने मार दिया था
हा हा हा
खी खी खी
हा हा हा
घड़ घड़ घड़
अरे!!
बारिश आ गयी
अन्दर चलो!!
भीग जायेगा!!

छम छम

बूउ

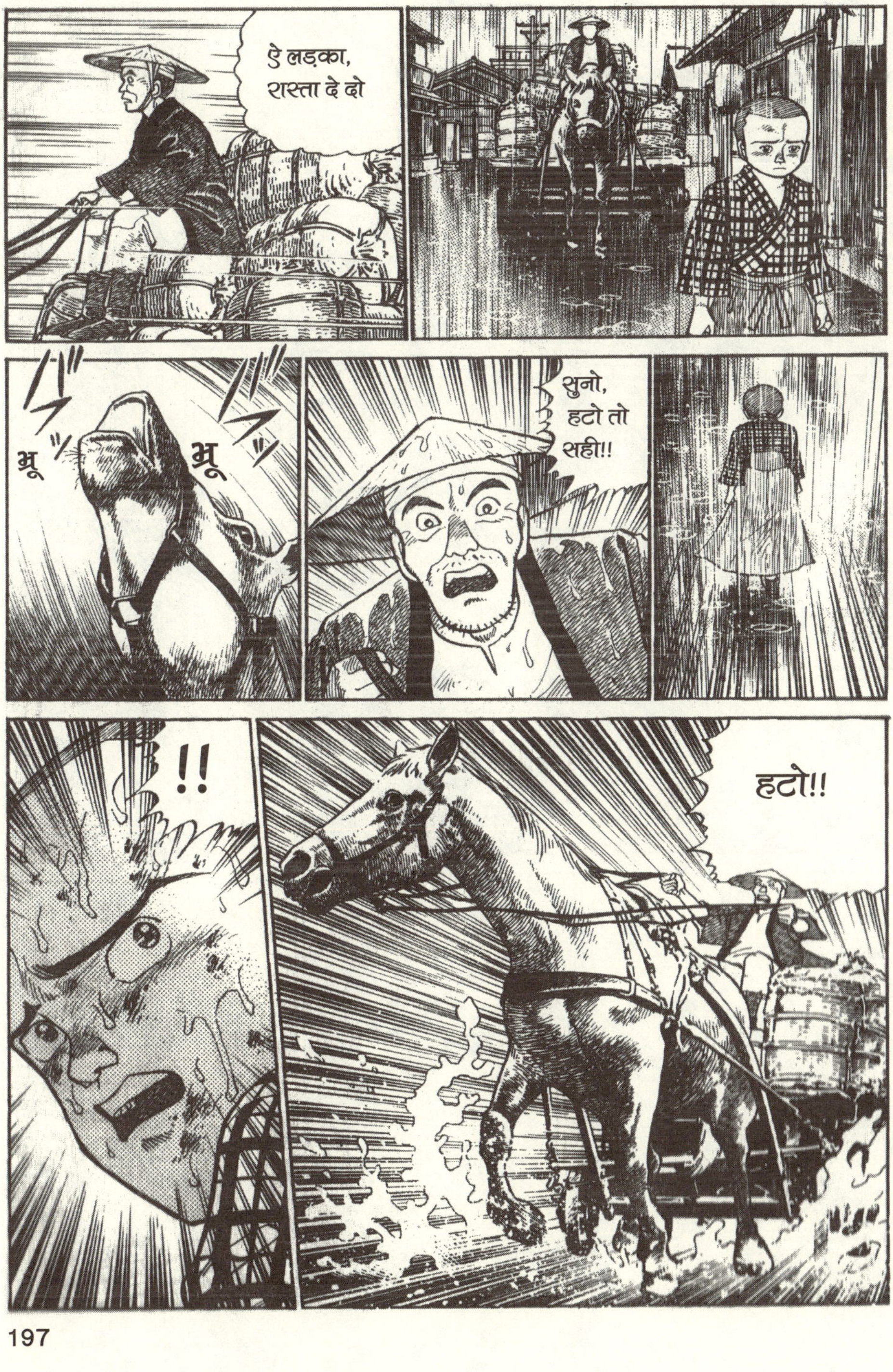
ऐ लड़का,
रास्ता दे दो
भ्रू
भ्रू
सुनो,
हटो तो
सही!!
!!
हटो!!

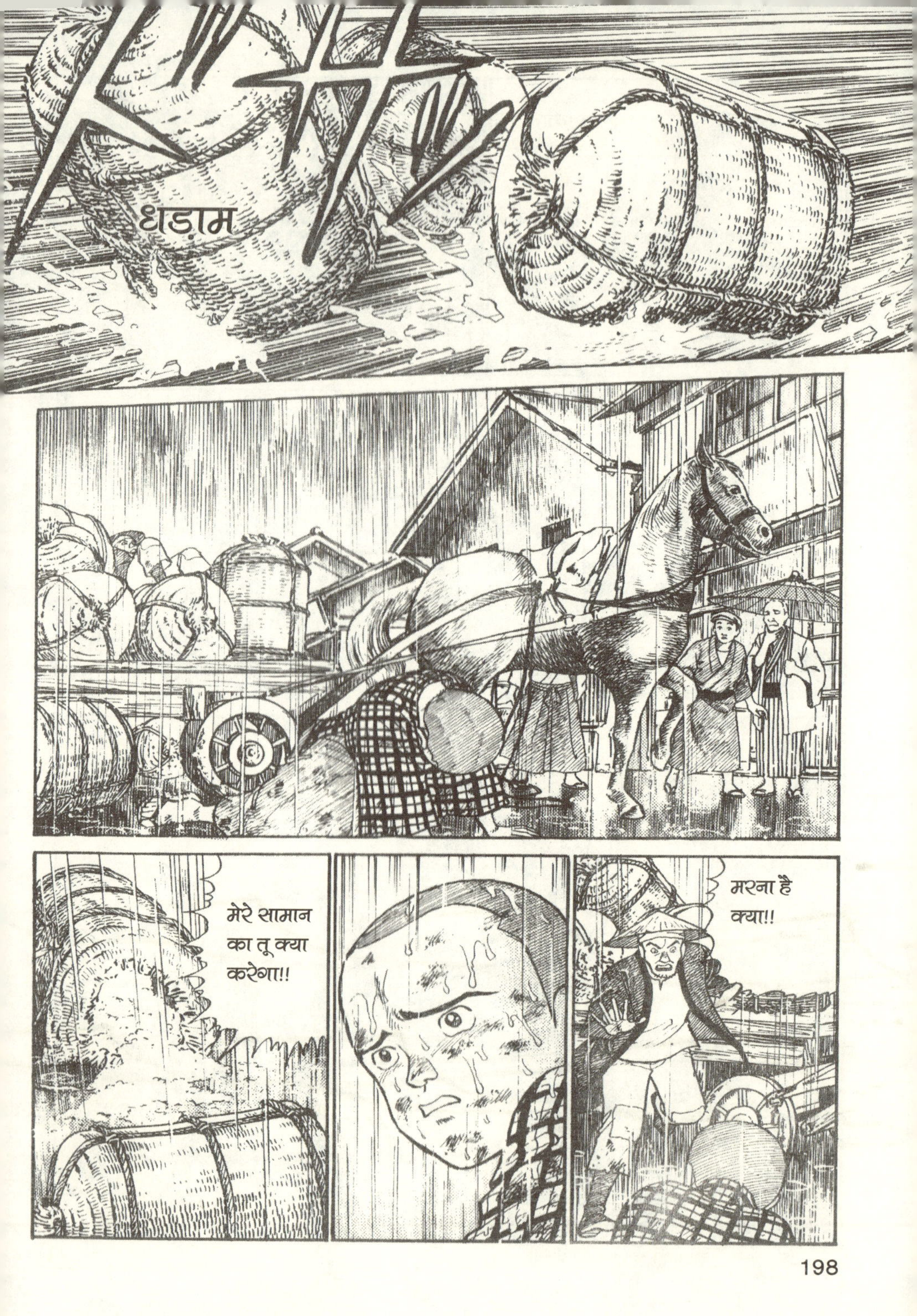
धड़ाम
मरना है क्या!!
मेरे सामान का तू क्या करेगा!!

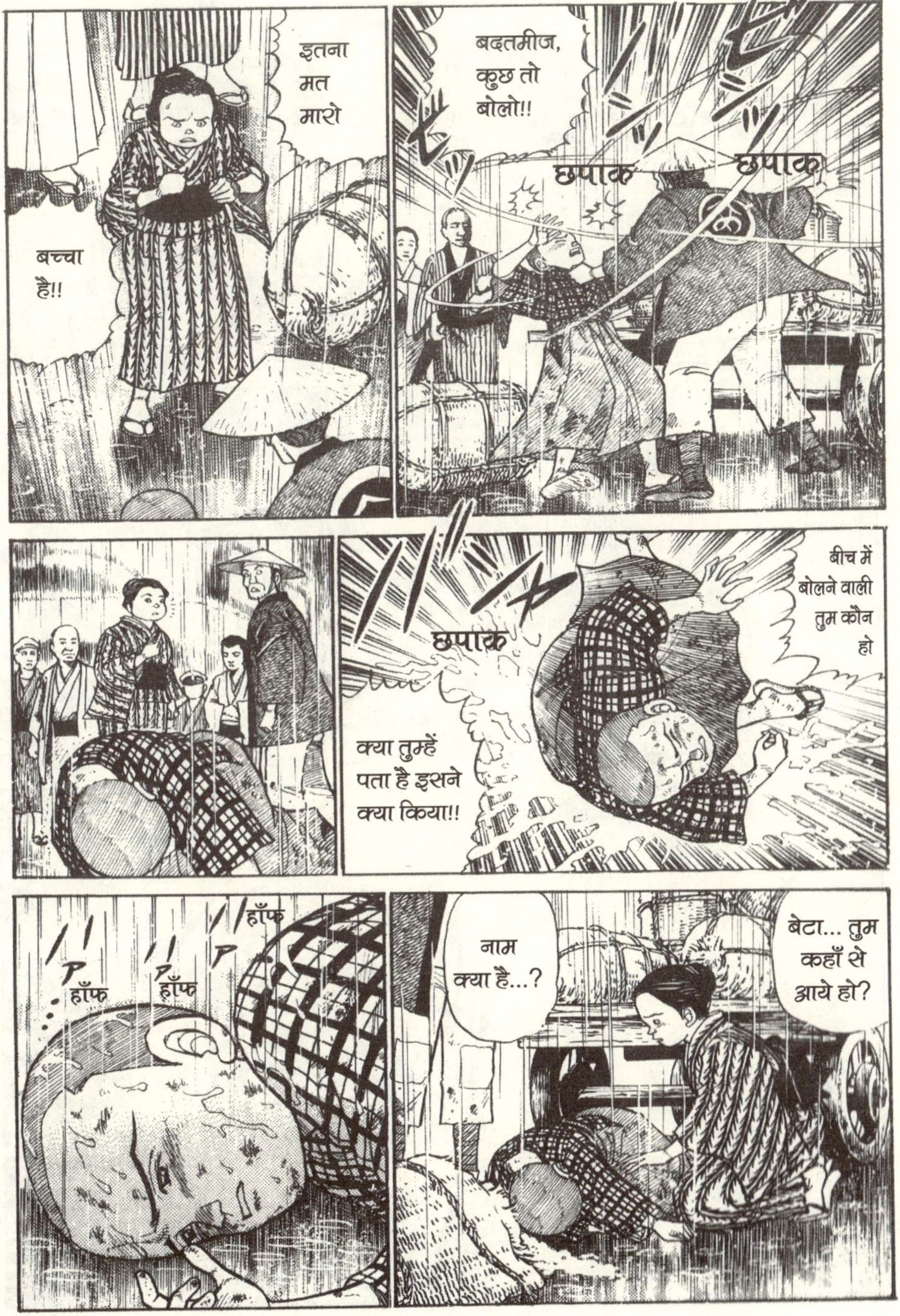
इतना
मत
मारो
बच्चा
है!!
बदतमीज,
कुछ तो
बोलो!!
छपाक
छपाक
बीच में
बोलने वाली
तुम कौन
हो
छपाक
क्या तुम्हें
पता है इसने
क्या किया!!
हाँफ
हाँफ
हाँफ
बेटा... तुम
कहाँ से
आये हो?
नाम
क्या है...?

अरे...
इसको
क्या हुआ
बहुत
बुखार
है!!
छपाक
मा...ता
जी...
मैं आ...
ग...या...
मा...ता
जी...
मैं...

आ...
आज हम सब शिक्षक यहाँ उपस्थित हैं और
अपने स्कूल की शिक्षा नीति के बारे में बात करेंगे

तोक्यो के कावामोतो सर, नागोया शहर के हाशिमुरा सर और शिगा जिले के निशिकावा सर द्वारा मौखिक प्रणाली की फिलहाल स्थापना हुई
अनेक स्कूलों में मौखिक प्रशिक्षण की कक्षा शुरू हुई है
इस साल 30 से अधिक स्कूलों में मौखिक प्रशिक्षण का प्रचार हुआ है
मौखिक प्रणाली पहले की उच्चारण प्रणाली से अलग है, इसमें ओष्ठ पठन पर ज्यादा महत्त्व दिया जाता है
इसलिए ओष्ठ-पठन में बाधक, यानि सांकेतिक भाषा का एकदम बहिष्कार किया जाना चाहिए
परन्तु इसका वास्तविक कारण पद्धति से न होकर बधिर शिक्षा से है और यह एक मौलिक प्रश्न है

प्रश्न यह है कि हमें बधिर बच्चों को किस तरह प्रशिक्षित करना है ?
और उनके व्यक्तित्व का विकास किस तरह करना है
इसके बारे में हम ओसोने सर की बात सुनेंगे
जी सर
ठक
मौखिक प्रणाली में बधिर बच्चों को ओष्ठ पठन और उच्चारण का प्रशिक्षण दिया जाता है
इस प्रणाली का उद्देश्य है कि बधिर सामान्य व्यक्तियों के समाज में घुल मिल जाएँ
बधिर बच्चों को सुनाई देने वाले बच्चों जैसा सामान्य बनाना इस प्रणाली का उद्देश्य है
मौखिक प्रणाली की अवधारणा में बधिर के अस्तित्व को अस्वीकार किया गया है
इसलिए सांकेतिक भाषा का बहिष्कार किया जाने लगा है

सांकेतिक भाषा समाज में अस्वीकृत है वह पिछली भाषा के रूप में जानी जाती है
सांकेतिक भाषा बधिरों की मौलिक भाषा है और इसके प्रयोग से बधिरों की पहचान हो जाती है
बधिर बच्चों के साथ बहुत अत्याचार किया जाता है कि ओष्ठ पठन करो, उच्चारण करो, सामान्य बच्चे जैसा बनो
बधिर और सांकेतिक भाषा के प्रयोग का सम्मान नहीं किया जाता है
फिर भी
वास्तव में मौखिक प्रणाली की अवधारणा और शिक्षा में बधिर बच्चों को कुछ अलग रूप में बदलने का प्रयास किया जाता है
अवधारणा तो जो भी हो... पिछले साल में
...इस बात में कोई अतिशयोक्ति नहीं होगी

बिलकुल सही!!
निशिकावा सर की पुत्री और नागोया के स्कूल के छात्रों का कार्यक्रम रेडियो से प्रसारित हुआ
वे बहुत बढ़िया बोल रहे थे, वैसे सुन्दर परिणामों के सामने मौखिक प्रणाली का विरोध क्यों करना होगा?
जरा सुनिए!!
बधिर बच्चे बोलने लगेंगे, समाज में शामिल हो सकेंगे, उसमें क्या बुराई है
मैं मौखिक प्रणाली का विरोध नहीं करता
क्या काम है, यहाँ मीटिंग हो रही है
सर, सुनिए
खट
खट

जी...
लेकिन
इनको
आप से
मिलना
है...
यामाओका
जी...
क्या हुआ,
यामाओका
की माता
जी...
गोइचि...
गोइचि...!!

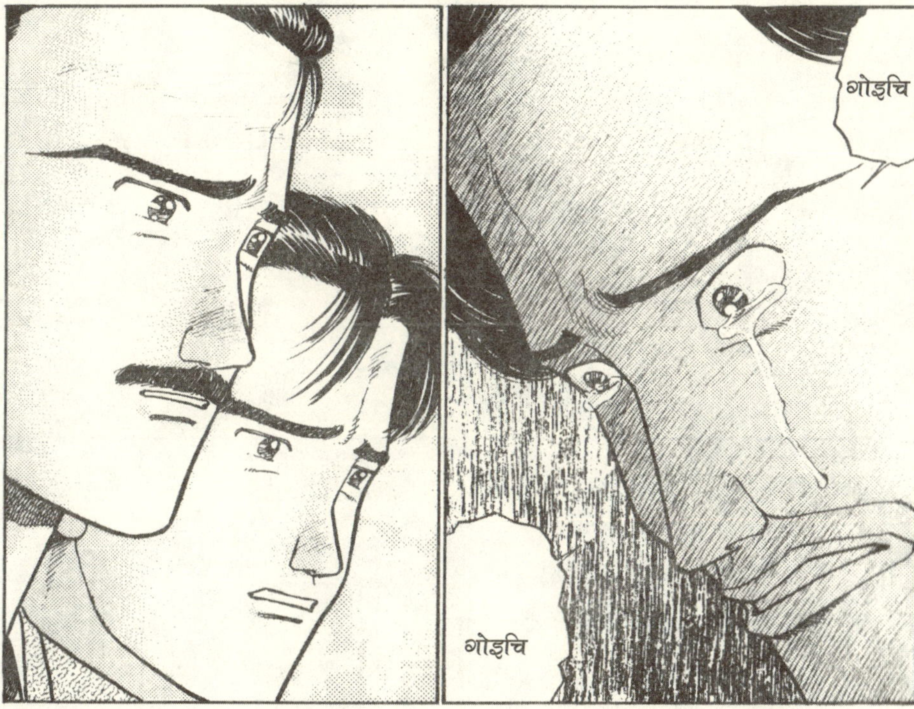

अध्याय अट्ठाईस : अमरीका यात्रा

बुउ...
फुकुदा सर, क्या हुआ?
नहीं...
ऐसा नहीं...!!
गोइचि की स्थिति
बहुत ज्यादा खराब है...

गोइचि की... बड़ी बहन थी
टी बी के कारण गुजर गयी...
मैंने अच्छा नहीं किया
मैंने उस दिन गोइचि को बुरी तरह डाँटा...
डॉक्टर कह रहे थे कि गोइचि के फेफड़ों में भी समस्या है
इसको खाँसी जुकाम नहीं होना चाहिए
और वह बारिश में पूरा भीग गया
उस रात को उसे बहुत बुखार था!!

*कपड़ों की दुकान : यामाओका
क्षमा कीजिए, प्रधानाचार्य साहब
हमने बहुत मनमानी की आप से
सर... गोइचि हमसे बिल्कुल बात नहीं करता
वह प्रधानाचार्य साहब के साथ सांकेतिक भाषा में बात करना चाहता है...
सांकेतिक भाषा में...

ガラ
...कररर...
गोइचि...
हाँफ हाँफ
हाँफ...
अन्तिम समय है, बात कीजिए
गोइचि... मैं हूँ
हाँफ हाँफ
हाँफ हाँफ

दादी माँ...
मुझे... उठाओ
ऐसे रहो, गोइचि
कष्ट होगा, ऐसे ही बात करो
तुमसे बहुत समय बाद मिला, ओसोने सर भी आये हैं
बताओ तुम दोस्त, अध्यापक, किससे मिलना चाहते हो, मैं अभी बुलाता हूँ
धन्यवाद, सर...
जब तक हाथ चला सकूँ, सर से मुझे बात करनी है
मैं खुश हूँ
सर से बात कर पाया, बहुत खुशी हुई

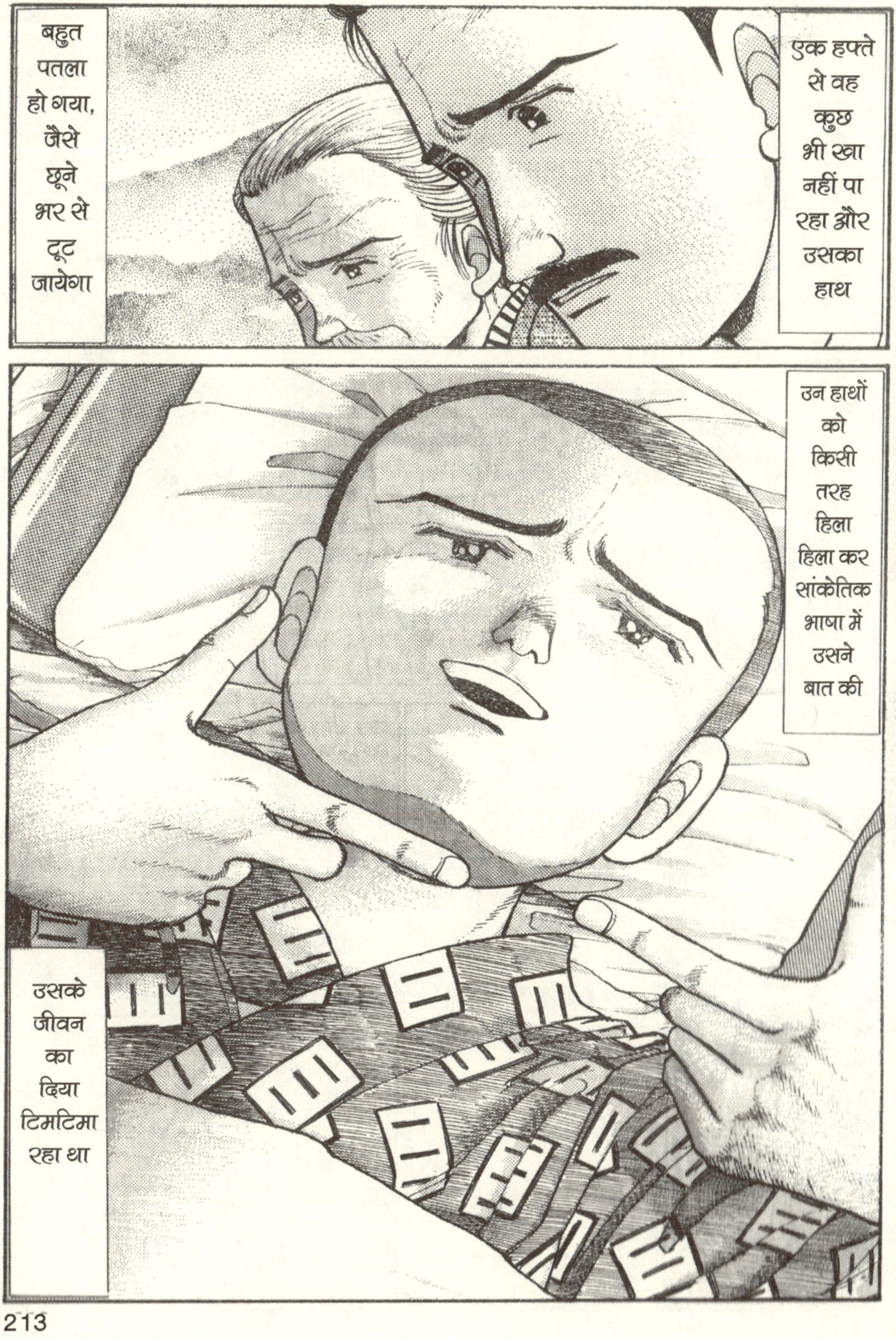
एक हफ्ते से वह कुछ भी खा नहीं पा रहा और उसका हाथ
बहुत पतला हो गया, जैसे छूने भर से टूट जायेगा
उन हाथों को किसी तरह हिला हिला कर सांकेतिक भाषा में उसने बात की
उसके जीवन का दिया टिमटिमा रहा था

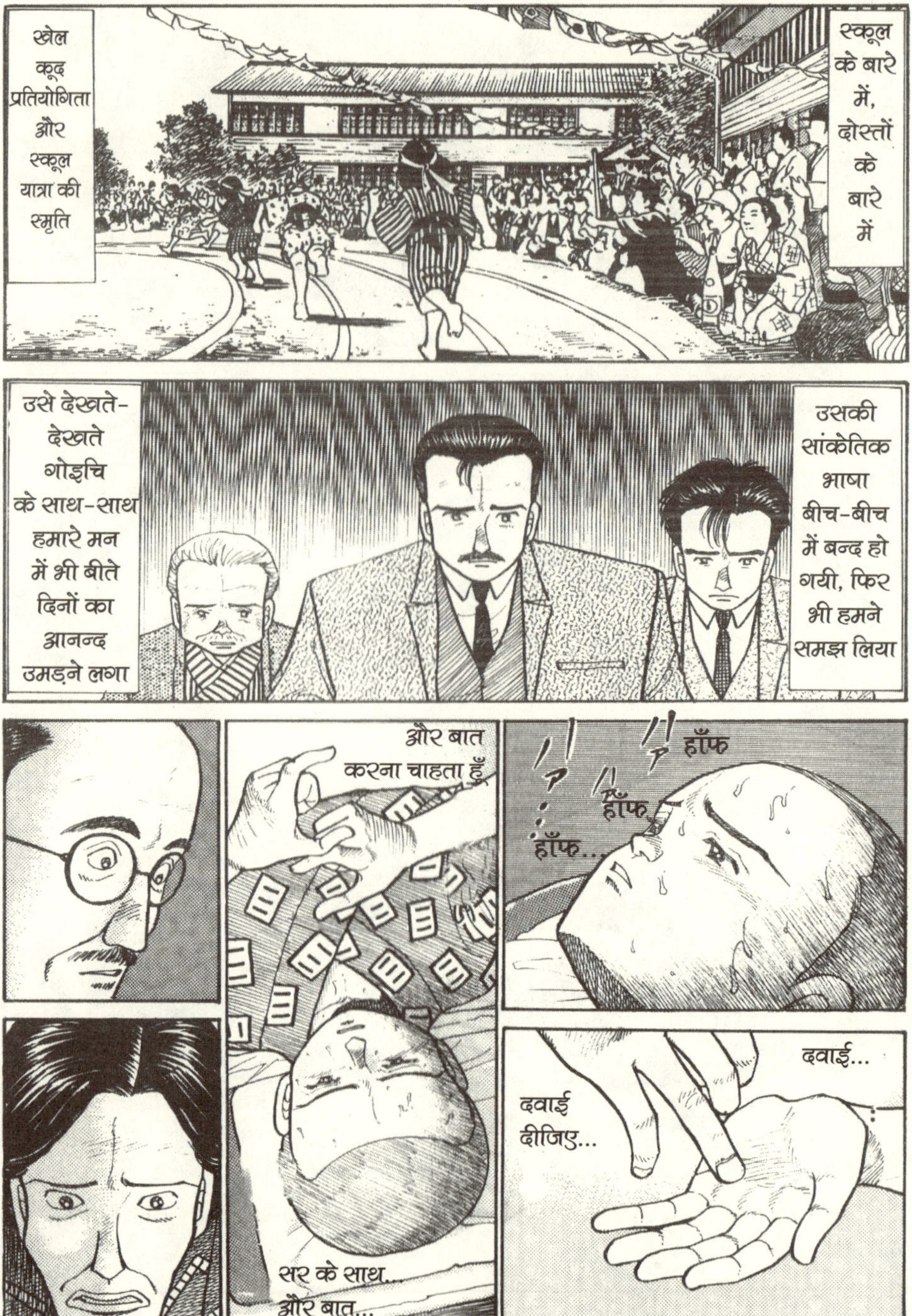

स्कूल के बारे में, दोस्तों के बारे में
खेल कूद प्रतियोगिता और स्कूल यात्रा की स्मृति
उसकी सांकेतिक भाषा बीच-बीच में बन्द हो गयी, फिर भी हमने समझ लिया
उसे देखते-देखते गोइचि के साथ-साथ हमारे मन में भी बीते दिनों का आनन्द उमड़ने लगा
हाँफ
हाँफ
हाँफ...
और बात करना चाहता हूँ
सर के साथ...
और बात...
दवाई...
दवाई दीजिए...

आराम मिलेगा
गोइचि... यह ले लो
यह नहीं
यह पानी है, दादी माँ...
ओह
जब तुम बहुत छोटे थे, मैं रोज तुम्हारे हाथ पकड़ कर
ताकाहाशि सर के स्कूल तक छोड़ती थी...
गोइचि इधर देखो
दादी की सांकेतिक भाषा को देखो

और हम दोनों ने ताकाहाशि सर से सांकेतिक भाषा सीखी थी...
रोचक बात, सुन्दर बात, उन्होंने बहुत सारी बातें बताई
सुनो गोइचि
ध्यान से देखो...
तुम अब... जा रहे हो
डाक्टर और दवाई भी तुम्हें अब नहीं बचा पा रहे...
ओह

कमल के फूलों से बनी सुन्दर नाव में बैठ कर तुम सुन्दर जगह पर जाओगे
भगवान बुद्ध से प्रार्थना करो और शान्ति से सो जाओ
तुम भगवान बुद्ध का बच्चा बनोगे, डरने की कोई बात नहीं, सो जाओ
अच्छा... दादी माँ
मैं सोता हूँ

साँय साँय
*कपड़ों की दुकान : यामाओका
हाँफ...
हाँफ
हाँफ
हाँफ
रात्रि के दूसरी पहर के बाद गोइचि का अन्तिम समय आ गया
अँधेरा हो गया...
मस्तिष्क के अन्दर धुँधला सा लग रहा है
घर के लोग भी... हैं?
प्रधानाचार्य सर... आप हैं?
गोइचि!!
मैं यहाँ हूँ, गोइचि!!
सब यहाँ बैठे हैं, धीरज रखो!!

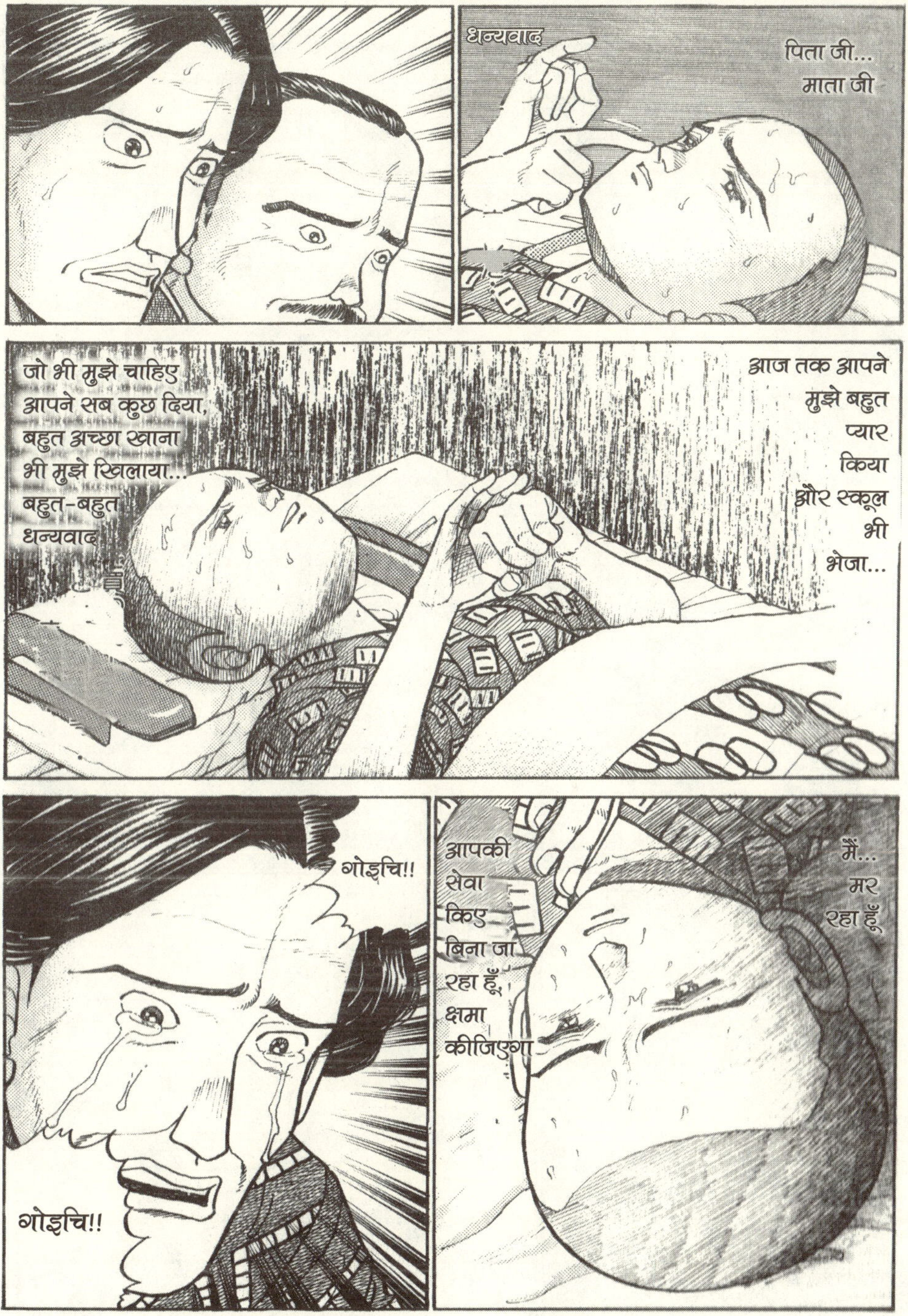
पिता जी...
माता जी
धन्यवाद
आज तक आपने मुझे बहुत प्यार किया और स्कूल भी भेजा...
जो भी मुझे चाहिए आपने सब कुछ दिया, बहुत अच्छा खाना भी मुझे खिलाया... बहुत-बहुत धन्यवाद
मैं... मर रहा हूँ
आपकी सेवा किए बिना जा रहा हूँ, क्षमा कीजिएगा
गोइचि!!
गोइचि!!

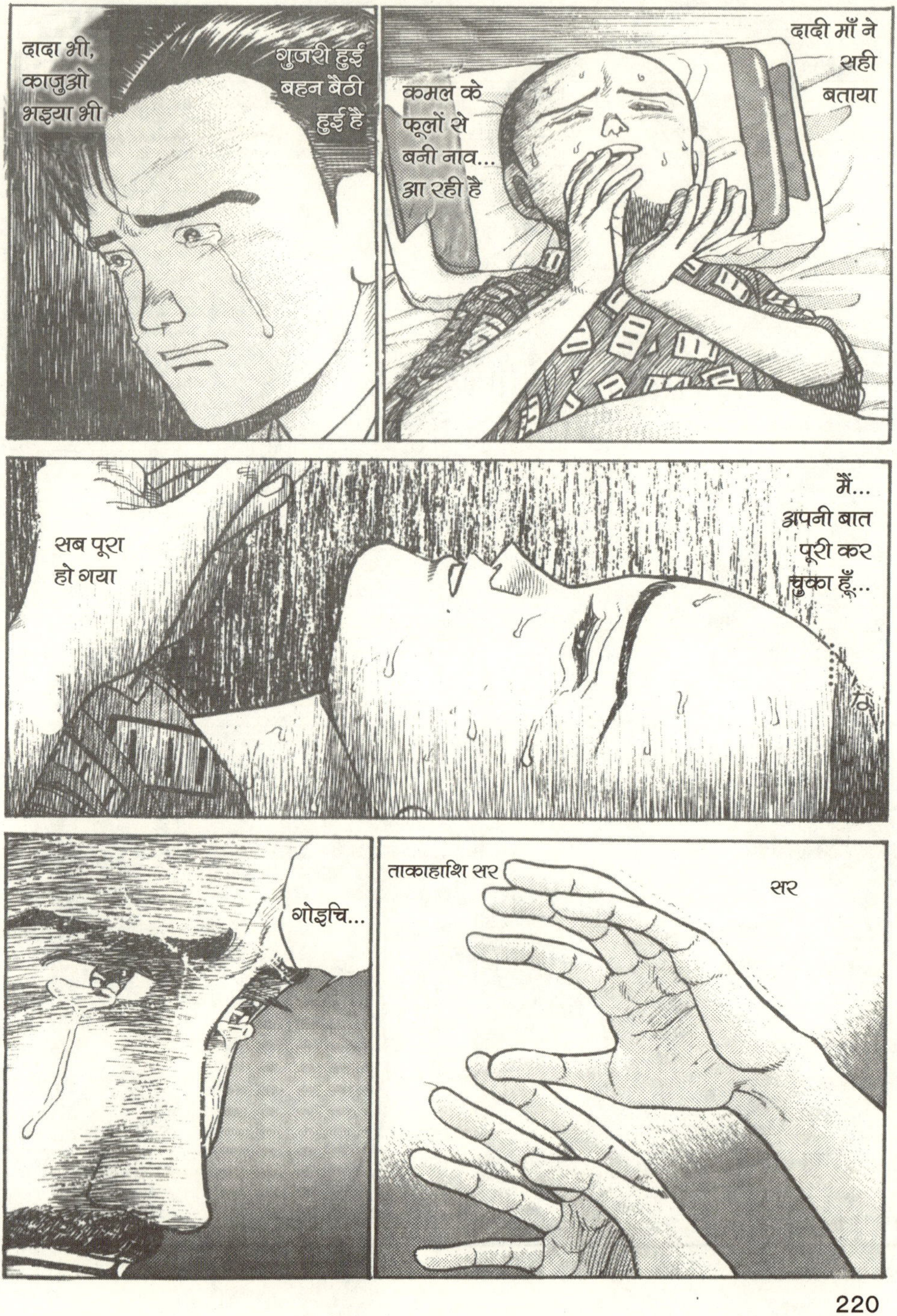
दादी माँ ने
सही
बताया
कमल के
फूलों से
बनी नाव...
आ रही है
गुजरी हुई
बहन बैठी
हुई है
दादा भी,
काजुओ
भइया भी
मैं...
अपनी बात
पूरी कर
चुका हूँ...
सब पूरा
हो गया
सर
ताकाहाशि सर
गोइचि...

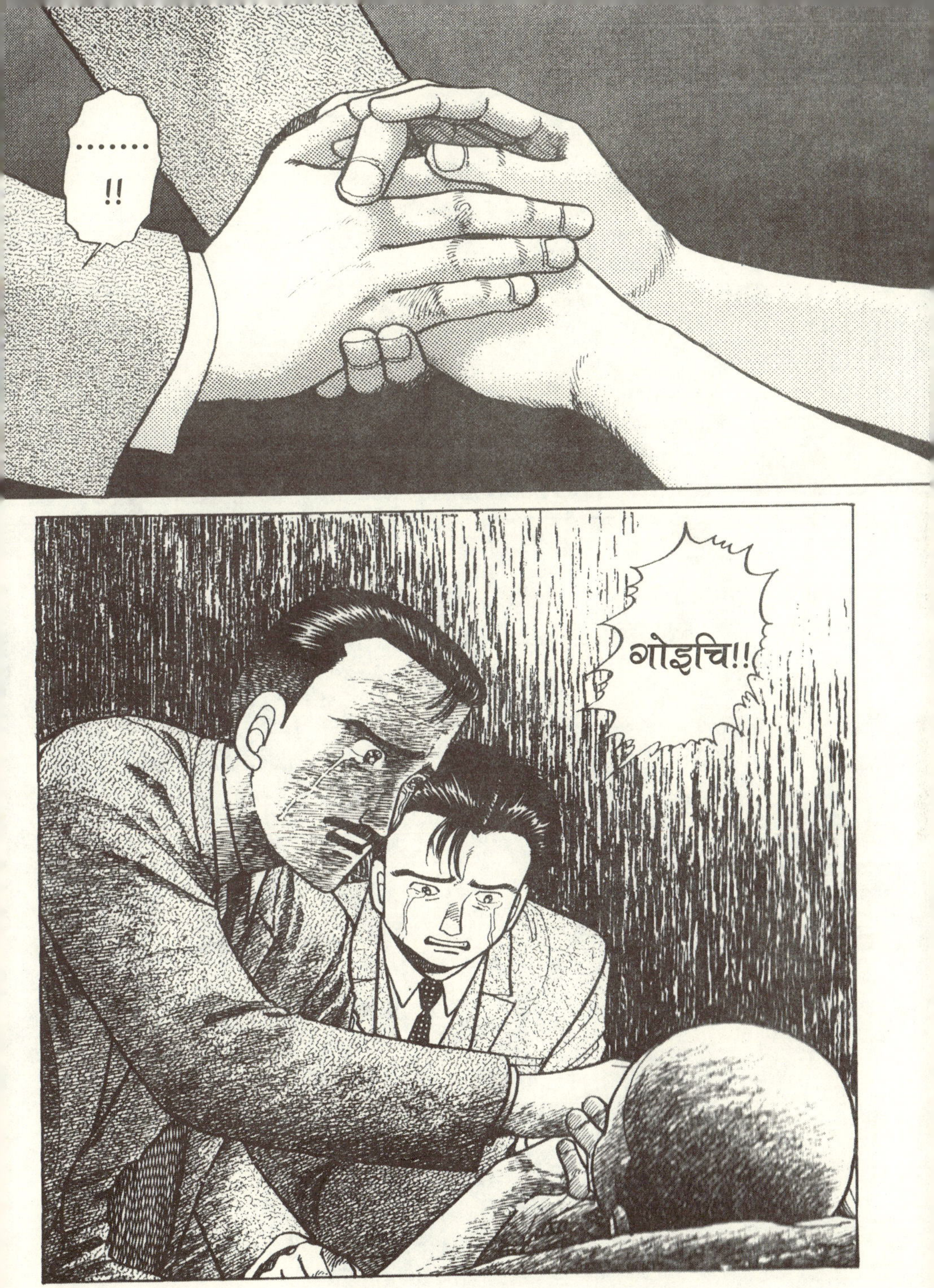
....
!!
गोइचि!!

गोइचि!!

1928, कुसात्सु शहर, शिगा जिला
कुसात्सु शहर में पहले कृषि सभा के पास रेशम के कीड़े का भवन था उस भवन को स्कूल के भवन में परिवर्तित किया गया और निशिकावा को प्रधानाचार्य का पद दिया गया
इस साल निशिकावा और अन्य लोगों ने जिला परिषद को नये बधिर विद्यालय के लिए निवेदन पत्र दिया और वह स्वीकार भी किया गया
रात को लोमड़ी आती है यहाँ
निशिकावा सर, यहाँ कैसे स्कूल बनेगा
पट पट
ओह बहुत धूल है
इतना मकड़ जाल

हम मरम्मत करेंगे तो चल जायेगा
इधर कक्षा बनाएँगे और उस कुटी को शिक्षक का कमरा
यह विश्व का अद्वितीय स्कूल भवन बनेगा
यहाँ मैं इस सर्वोत्तम स्कूल भवन में
विश्व की सर्वोत्तम शिक्षा की शुरुआत करूँगा
निशिकावा और अन्य लोगों के उत्साह से अनेक जिलों में मौखिक प्रणाली के बधिर स्कूलों की स्थापना हुई

ओकायामा जिले के बधिर स्कूल में 1914 में मौखिक प्रशिक्षण की कक्षा शुरू हुई और 1928 तक सांकेतिक भाषा की कक्षा को बन्द किया गया
उस समय देश के अधिकांश बधिर-मूक स्कूलों ने मौखिक प्रणाली को अपनाकर सांकेतिक भाषा का बहिष्कार किया
सांकेतिक भाषा की कक्षा के आखिरी छात्र के उत्तीर्ण होने के बाद उसके लिए पढ़ाने का कोई काम नहीं रह गया था। वह वैसे ही स्कूल से चला गया
अन्त में वहाँ आखिरकार सांकेतिक भाषा का एक ही शिक्षक बच गया
लोग व्यंग्य करते थे कि 'ओसाका का किला अभी नहीं गिरा'
ऐसे वातावरण में केवल ओसाका बधिर-मूक विद्यालय ही अकेला सांकेतिक भाषा की रक्षा कर रहा था। स्कूल की पत्रिका में सांकेतिक भाषा से सम्बन्धित अनेक शोध प्रबन्धों को प्रस्तुत किया गया

हम शिक्षा मंत्री से अमरीका में बधिर-मूक शिक्षा की शोध-यात्रा का निवेदन कर रहे थे, जो आज स्वीकृत हुआ
60 साल पहले अमरीका में क्लाक बधिर स्कूल की स्थापना हुई और मौखिक प्रणाली का प्रचलन शुरू हुआ
आज हमारे देश में इसलिए मौखिक प्रणाली का जबर्दस्त प्रचार हो रहा है क्योंकि अमरीका की प्रविधि और सिद्धान्त को हमने अपनाया
लेकिन अमरीका में सिर्फ मौखिक प्रणाली का ही प्रचलन नहीं हो रहा है
श्री ई.एम. ग्यलोडेट अमरीका में बधिर शिक्षा के शिक्षक हैं, वे दोनों प्रणाली को प्रोत्साहित कर, संयोग प्रणालियों का नाम देकर प्रयोग कर रहे हैं
उनकी पद्धति में सांकेतिक भाषा के प्रशिक्षण के आधार पर मौखिक प्रशिक्षण दिया जाता है और दोनों प्रशिक्षणों का एक साथ प्रयोग किया जाता है
उनकी पद्धति हमारे स्कूल के प्रयासों के समानान्तर है

इस अमरीका शोध-यात्रा में वहाँ की मौखिक प्रणाली की वास्तविक स्थिति को देखने के साथ-साथ
संयोग प्रणाली का अनुसन्धान भी किया जाना चाहिए
संयोग प्रणाली...?
प्रधानाचार्य साहब
मैं आज प्रचलित मौखिक प्रणाली का विरोध नहीं करने वाला हूँ
लेकिन सिर्फ मौखिक प्रणाली ही सर्वोपरि विधि नहीं मानी जा सकती
हमारे देश में वास्तविकता को अनदेखा किया जा रहा है और लोग अन्धानुसारण कर सांकेतिक भाषा का विरोध कर रहे हैं
मुझे...
मुझे अमरीका भेज दीजिएगा!!

जैसे मौखिक प्रणाली सर्वश्रेष्ठ विधि नहीं है, वैसे ही सांकेतिक भाषा भी
इसलिए प्रत्येक बच्चे के अनुकूल प्रणाली का चयन होना चाहिए
संयोग प्रणाली की अवधारणा में ही यह प्रेरणा मिल सकती है
ओसोने सर, आप भी यहाँ हैं
山岡家之墓

*यामाओका वंश की कब्र

गोइचि का अन्तिम समय सम्माननीय था
कोई शिकायत नहीं की
माता-पिता को धन्यवाद कहकर अलविदा हुआ
कोमल हृदय वाला महान बच्चा था
सुनो ओसोने
हम आखिर तक सांकेतिक भाषा की रक्षा करेंगे, चाहे सिर्फ हमारा ही स्कूल बचे, तो भी
जी!
बधिर-मूक लोगों से सांकेतिक भाषा को नहीं छीना जा सकता
किसी के भी पास वह अधिकार नहीं है
जी सर!!

ओसाका बधिर मूक-विद्यालय के शिक्षक ओसोने गेंसुके कोबे बन्दरगाह से लन्दन मारु जहाज में चढ़कर अमरीका की ओर रवाना हुए
25 सितम्बर, 1929
ओसाका किला अभी नहीं गिरा... इसे मैं कभी नहीं गिरने दूँगा
ओसोने ने मन में कहा और दृढ़ संकल्प लिया

नोट : इस पुस्तक को दायें से बायें पढ़ा जायेगा।

(इस पुस्तक की सज्जा मूल जापानी पुस्तक की तरह तैयार की गयी है)

नीचे दिये गये उदाहरण से पुस्तक पढ़ने में सुविधा होगी।

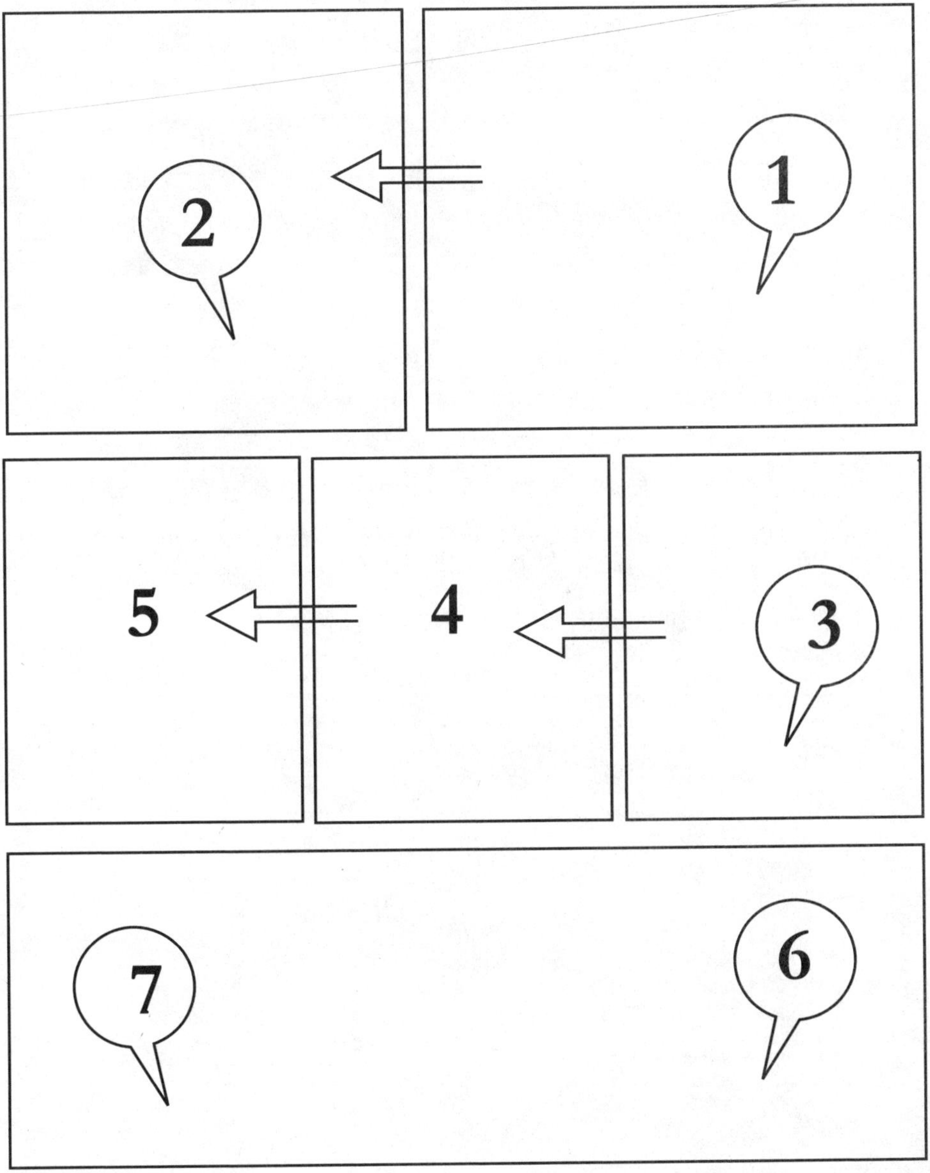

उसे असामान्य मानने वाली सामाजिक परिस्थिति।

यह कॉमिक न केवल बधिरों की कहानी है, बल्कि इसमें तद्‌युगीन जापान में दरिद्रता और भेदभाव की समस्या को भी उठाया गया है। उस समय बधिर और गरीबी का घनिष्ठ सम्बन्ध था और इसी के कारण भेदभाव भी उत्पन्न हो जाता था। वहाँ हमेशा बधिरों के मानवाधिकार की उपेक्षा की जाती थी। इस कहानी की विशेषता यह है कि बधिरों के दुख और आक्रोश को उन्हीं की दृष्टि से देख कर व्यक्त किया गया। इसकी मूल प्रेरणा है कि प्रत्येक व्यक्ति को मानवीय जीवन जीने का अधिकार मिलना चाहिए।

इस कॉमिक को पढ़कर आप सहसा यह सोचने लगेंगे कि मानव जीवन क्या है। हम सब मनुष्य सुख-शान्ति से रहना चाहते हैं। युद्ध की समाप्ति से ही विश्व शान्ति की स्थापना नहीं हो सकती है, बल्कि वास्तविक विश्व शान्ति की स्थापना तभी सम्भव है, जब विश्व में सम्पूर्ण मानव जाति के लिए मानवीय जीवन जीने का अधिकार सुरक्षित हो।

मैं जापान फाउंडेशन, नई दिल्ली और उसके निदेशक श्री कात्सुमा दोई को हृदय से धन्यवाद देती हूँ, उनके सहयोग के बिना यह पुस्तक कभी पूरी नहीं हो पाती। इस पुस्तक को प्रकाशित करने के लिए वाणी प्रकाशन के प्रबन्ध निदेशक श्री अरुण माहेश्वरी व श्रीमती वीणा अग्रवाल से मुझे पूरी सहायता मिली और डॉ. सुरिन्दर रंधावा से समय-समय पर मुझे महत्त्वपूर्ण प्रेरणा मिली, मैं उनकी आभारी हूँ। जापान में पूर्व राजदूत श्री अर्जुन असरानी, प्रो. अवधेश कुमार सिंह और डॉ. एस.के. प्रसाद से मुझे अमूल्य प्रोत्साहन मिला, मैं उनको अपनी कृतज्ञता प्रस्तुत करती हूँ।

तोमोको किकुचि

9 जनवरी 2015

अनुवादक की ओर से

सबसे पहले मैं इस कॉमिक के पाठ की ओर आपका ध्यान केन्द्रित करना चाहती हूँ कि इसे पढ़ने के लिए आपको एक विशेष तकनीक अपनाने की जरूरत है। जापानी भाषा की विशेषता के अनुसार जापानी पुस्तक उल्टी तरफ से पढ़ी जाती है, यानि पृष्ठ दायीं ओर से खुलेंगे। यह कॉमिक भी उसी रूप में प्रकाशित हुआ है, ताकि मूल रचना के कलात्मक गुणों को सुरक्षित रखा जा सके। जापानी पाठकों के अलावा अन्य भाषाओं के पाठकों के लिए यह पाठ कठिन अभ्यास हो सकता है, परन्तु यह पढ़ने की कठिन पद्धति नहीं हैं। मार्गदर्शन के तौर पर पृष्ठ का नमूना दिया जा रहा है, ताकि उसके सहारे आप पढ़ने के क्रम को पहचान सकें।

कॉमिक "अँगुलियों का ऑर्केस्ट्रा" जापान की बधिर शिक्षा के अध्यापक ताकाहाशि कियोशि की जीवनी पर आधारित है ।

20वीं शताब्दी के आरम्भ में जापान में बधिर शिक्षा में मौखिक प्रशिक्षण पर महत्व दिया जाने लगा और सांकेतिक भाषा नकारी जाने लगी। ऐसी पूर्व प्राचीन मान्यता थी कि बधिर अपूर्ण और असामान्य व्यक्ति है और जो बोल सकता है वही पूर्ण और सामान्य व्यक्ति है। इसी प्रकार मानवीयता की उपेक्षा की जा रही थी। इस पुस्तक में नायक ताकाहाशि द्वारा यह सन्देश दिया गया है कि सांकेतिक भाषा ही बधिरों के लिए सहज भाषा पद्धति है। यद्यपि बधिर मुँह से नहीं बोल सकते, तथापि वे कतई अपूर्ण नहीं है । बधिरों से सांकेतिक भाषा को छीन लेने का अधिकार किसी के पास नहीं है और यह किसी भी स्थिति में भी स्वीकार्य नहीं है। अध्यापक ताकाहाशि बधिर बच्चों की शिक्षा व मानवीयता की रक्षा के लिए अपना जीवन समर्पित कर स्कूल, कस्बे और समाज को बदलने का प्रयास करते हैं ।

वर्तमान भारत के बधिर स्कूलों की शिक्षा प्रणाली में मौखिक प्रशिक्षण को महत्व दिया जाता है और बधिर बच्चों को सांकेतिक भाषा का पर्याप्त शिक्षण नहीं मिल पाता है। यह बधिर विद्यार्थियों की शिक्षा के लिए स्वस्थ और सुविधाजनक वातावरण नहीं कहा जा सकता। इस समस्या के कई कारण हैं, जैसे अव्यवस्थित बधिर शिक्षा प्रणाली, सांकेतिक भाषा के शिक्षकों की कमी, इत्यादि। खैर इस समस्या का मूल कारण यह है, जैसे कि ऊपर बता चुकी हूँ जो बोल सकता है उसे सामान्य और जो नहीं बोल सकता है

वाणी प्रकाशन

4695, 21-ए, दरियागंज, नयी दिल्ली 110 002

शाखा

अशोक राजपथ, पटना 800 004

फ़ोनः +91 11 23273167 फ़ैक्सः +91 11 23275710

www.vaniprakashan.in
vaniprakashan@gmail.com

Waga Yubi No Orchestra (Vol-3)

by Osamu Yamamoto

First Published in Japan in 1992 by Akita Publishing Co. Ltd., Tokyo
Hindi translation rights arranged with Akita Publishing Co. Ltd.
through Tuttle-Mori Agency, Inc., Tokyo

Anguliyon Ka Orchestra-3

Translated in Hindi directly from Japanese by Tomoko Kikuchi
Comics

प्रथम हिन्दी संस्करण 2015

ISBN: 978-93-5072-985-4

मूल्य : ₹ 195

अँगुलियों का ऑर्केस्ट्रा
का हिन्दी भाषा में प्रकाशन वाणी प्रकाशन, नयी दिल्ली द्वारा
अकिता पब्लिशिंग कं. लि., तोक्यो व तुटली-मोरी एजेन्सी, इंक., तोक्यो
के अनुबन्धानुसार किया गया है

JAPANFOUNDATION

जापान फाउण्डेशन, नयी दिल्ली के सहयोग से प्रकाशित

प्रिंटलैंड डिजिटल, दिल्ली 110 020 में मुद्रित

वाणी प्रकाशन का लोगो मक़बूल फ़िदा हुसेन की कूची से